As tias

Fernanda Marra

telaranha

Coordenação editorial: Bárbara Tanaka e Guilherme Conde M. Pereira
Assistente editorial: Juliana Sehn
Fotografias: Acervo pessoal de Fernanda Marra e arquivos de domínio público
Capa e projeto gráfico: Manoela Haas
Preparação de texto: Juliana Sehn
Revisão: Guilherme Conde M. Pereira
Comunicação: Hiago Rizzi
Produção: Letícia Delgado e Raul K. Souza

Dados Internacionais de Catalogação na Publicação (CIP)

M358t Marra, Fernanda
As tias / Fernanda Marra. — 1. ed. — Curitiba, PR: Telaranha, 2025.

176 p.

ISBN 978-65-85830-34-8

1. Contos brasileiros I. Título.

CDD: 869.93

Índices para catálogo sistemático:
1. Contos : Literatura brasileira 869.93
Henrique Ramos Baldisserotto – Bibliotecário – CRB 10/2737

TELARANHA EDIÇÕES
Rua Ébano Pereira, 269 – Centro
Curitiba/PR – 80410-240
(41) 3220-7365 | contato@telaranha.com.br
www.telaranha.com.br

Impresso no Brasil
Feito o depósito legal

1ª edição
Setembro de 2025

No meu lenço de assoar
minha tia-avó bordou
um coração
a ponto de cruz
e a encarnado

Minha senhora
de que lhe serve um lenço de assoar
no labirinto de Creta?
de muito
de tanto quanto um comboio de corda

ADÍLIA LOPES

sumário

Arremesso

Nunca chamei minhas tias de tias. Sempre me dirigia a elas pelo nome próprio. Tias eram as tias dos meus pais, minhas tias-avós, de fato. Tias eram as professoras, as amigas da minha mãe e as mães das minhas amigas. Tia é uma mulher no comando da situação, *in charge*, quando a mãe se ausenta, e para quem a gente responde com respeito e admiração. A vergonha que me tomava ao pensar em chamar uma tia de tia é um mistério. Quando a família que morava longe vinha nos ver, era, ao mesmo tempo, uma alegria e um constrangimento. Havia um leve pavor ao pensar na hora em que estaríamos perto assim, cara a cara. O momento que os teria de olhar no olho e pronunciar: tio, tia.

Talvez faltasse intimidade por ter saído precocemente de perto dos parentes para morar com meu núcleo familiar em outro estado. O percurso analítico me diz que há algo mais. Faz supor que essa inibição paralisante ao pronunciar aqueles vocativos como se dissesse uma obscenidade vai referida a uma espécie de sintoma, algo da ordem do que não quero saber e insisto em sondar. O certo é que, mesmo admirando, detestando e perscrutando o quanto podiam as mulheres do meu círculo, cresci evitando chamar as tias e lhes acudir, embora contasse com sua presença e exemplo.

Difícil contornar esse título de livro que se impõe. Sem dúvida, é com as rebarbas do que me lembro, por haver testemunhado, ouvido ou intuído, que invento narrativas. As lembranças que me precedem e constituem foram costuradas com invenção que às vezes repete e amplifica a vida. Outras subvertem, refazem e denunciam. Nada aqui aconteceu e tudo foi abundantemente experimentado na pele desta professora de jardim, que tão cedo pretendeu ensinar o que não sabia. Finge ainda.

Leio para crianças, sempre lidei com elas, gostando de ver a magia fisgá-las com cores e imagens, sons que premeditadamente modulei para capturar-lhes a atenção, mesmo a das mais irrequietas e endiabradas. Crianças são assim, cedem às histórias, admitem os pressupostos com facilidade. Este livro não é para crianças, mas não deixa de se endereçar a elas. Este é o livro de outra criança. O livro que possibilita invocar a neta, a sobrinha, a filha perdida em mim. O livro que, de algum modo, me devolve ao lugar de onde, precoce, me retirei. Livro de uma liberdade funda e, não toda, de entrega às mulheres que juntas competem com os ideais de escolhas tão magníficas quanto impossíveis. Gosto de pensar que o livro é delas também, e que ele pode me ajudar a conversar com outras, as desconhecidas, a me aproximar do que temos, se não em comum, aparentado, ao menos. *As tias* é o que consegui fazer com aquilo de que não posso fugir.

Com alguma coragem e um tanto de amor,

Diana

As tias

Uma bolha de silêncio antecede o estampido. Minha cabeça tomba para frente e abocanho o seu antebraço. O tempo é modorrento antes de o som tremer ao redor. Sinto o corpo formigar, cambaleio, e é só com o corte estridente da voz dela, no pé do meu ouvido, que percebo meus dentes enterrados em seu braço. Tranco e não solto. Não largo até a dor chegar para ela. Até murchar o berro que arreganha a arcada de Daniela e a faz terminar com a dentaria cravada no meu bíceps. Grudadas. Doídas. Abrimos o berreiro de sirenes desencontradas. Era exatamente assim que soávamos, agora e no começo de nossas vidas.

De pequenas, nos dávamos bem enquanto Daniela cedia seus presentes de Natal recém-abertos para eu fazer com eles o que me conviesse. Quando ela se cansava dos meus desmandos e começava a empinar a carroça, decidindo em qual ursinho eu podia pegar e em que casa a Moranguinho podia entrar, começava a baixaria.

Era inadmissível. E resolvia a injúria logo na base da dentada. Ela tinha tudo, todos os brinquedos que a Estrela havia criado e que estavam nas propagandas de TV. Eu tinha dentes, anseio pelos brinquedos que só via nas telas e no Natal. Ambas éramos meninas de poucas palavras ainda. Deixa as meninas se entenderem, uma hora elas param com isso, um tio gritava para nossas mães desesperadas. Que nada, havia sempre uma sentinela por perto, vigiando as pequenas canibais que, se fossem deixadas a sós, provavelmente se entredevorariam antes da chegada de Noel.

Só nos largávamos quando alguém acudia. Geralmente era o papel da tia Nália, que chegava de mansinho passando as mãos nos nossos cabelos, falando baixo, elogiando um ramo ou uma joaninha que acabara de encontrar no terreiro e trazia na mão sem nos mostrar. Ia falando com o ser que ela carregava para a gente escutar, folgando a tensão de nossas mandíbulas, fazendo a curiosidade ganhar espaço entre as gengivas. Nossas bocas moles não comprimiam mais a carne da outra. Com a mão livre, tia Nália enfiava os dedos entre os nossos cabelos e massageava a nuca de quem mordia. O corpo desmanchava transmutando tensão em atenção. Os olhos vidravam no que ela trazia consigo sem alardear. Era um segredo nosso.

Tia Nália nunca ralhava, nem nos dizia para parar o que fazíamos no auge de nosso arranca-rabo. Ela sabia drenar o bolsão das ganas que formávamos pondo para fora nossa raiva. Nem sempre era possível evitar as lacerações, mas o tormento parava e, na maioria das vezes, estávamos rindo e brincando juntas de novo, antes de as nossas caras choronas secarem. Agora não era diferente. Nem nossa musculatura velha impediu o estrago. Acontece que tia Nália já não está em condições de nos tapear com uma asa de borboleta, ou um naco de rapadura.

Muita gente já havia chegado. As tias tinham assumido seus postos na cozinha: tia Zilda fritando as linguiças, no comando da arrumação; tia Cida descascando as espigas; tia Aurora procurando as travessas e as velas de citronela; tia Dalva acendendo o pito e descalçando os sapatos; e tia Nália alheia e alegre atrás de uma e outra, trançando nos cabelos das próprias pernas, fazia nada. Os preguiçosos, como sempre, entocados nos quartos, fingindo arrumar alguma coisa para não serem convocados a ajudar.

Fazia muitos anos que não nos reuníamos no sítio. Depois que as matriarcas se vão, algumas coisas perdem o sentido. A exemplo dessas reuniões de família, em que irmãos consentem estar na presença uns dos outros para não desgostar os velhos. Querer, querer mesmo estar junto, ninguém quer. Não era esse o caso das minhas tias. Elas pareciam bem na companhia umas das outras. As implicâncias e caretas faziam parte da cena em que uma levantava a bola para a outra. Havia uma alternância sábia entre as posições de palco e plateia. Eu ficava em outro cômodo, gostava de ouvi-las como se estivesse atrás de uma coxia.

Se tia Cida colocava o pano de prato nos ombros, tia Zilda, da pia, acusava a falta de asseio da irmã. Quando tia Dalva tirava o palheiro de dentro da sacola, tia Aurora ficava atrás dela batendo a mão na frente do nariz, queixando-se do fedor da fumaça para as outras, que riam disfarçadamente e escondiam os fósforos atrás das velas, deixando a irmã desnorteada. O calor aumentava, o repertório descia os degraus do decoro. Discutiam a respeito dos métodos, da ordem dos ingredientes, da espessura dos cortes, da combinação dos temperos, das panelas e das tampas, da lenha e das latinhas de margarina reutilizáveis da vó, que ninguém tinha coragem de botar fora. Era animado o cacarejo delas. Estava com saudades das tiradas sarcásticas com as pirraças e manias tão conhecidas umas das outras. Quando as convidei para a pamonhada, era tudo o que esperava ouvir. Um pouco mais roucas e lentas, sem saber das minhas intenções, elas correspondiam completamente às minhas expectativas.

Tia Nália, lenta, movia-se entre os trabalhos, olhando para o chão e apontando para os cantos da área de serviço e da cozinha. Fica quieta, Nália, senta ali no tamborete e cata esse feijão. Tia Nália dizia que ali era o canto do jacaré-açu, ali não ficava, não. Desde que a vó se foi, tia Nália piorou muito. Bateu um desgosto, sim. Come menos, seus músculos de libélula não suportam um vento mais intenso. Fala pouco. Quase que só aponta para a direção das coisas, demonstrando que gostaria que elas estivessem mais a seu alcance, ou nos seus devidos lugares. Sempre foi metódica com limpeza e organização. Quando abre a boca para emitir umas palavras, é sempre sobre o bicho. As tias acham que se trata de um gato, mas eu não acho. Nália nunca foi de ter medo à toa. Foi sempre uma mulher brava, apesar da doçura com as crianças. Tinha mais coragem que muito cabra que passou por aqui. Sua vida é cuidar das plantas e da criação. Nunca foi de fazer distinção entre as espécies, fossem bichos ou sobrinhos. Mesmo caduca, não acredito que ela implicaria com um simples bichano.

Daniela e eu não nos víamos desde o enterro da vovó. E mesmo nessa ocasião, foi um encontro meio esquisito. Éramos duas estranhas se cumprimentando com um abraço frio. No convite que mandei às tias, propondo esse encontro para ver se aprumava um pouco tia Nália, estendi a proposta aos primos que quisessem vir. A casa não é grande, ficaríamos um pouco amontoados, mas seria bom reviver a zoeira dos quartos superlotados da infância. No fundo, eu não esperava que as famílias descambassem em peso para cá.

No sítio, vivemos hoje eu, tia Cida e tia Nália. As duas passam uma parte do dia sozinhas, enquanto atendo pacientes na farmácia. Mesmo tia Cida sendo forte e jovem ainda, fico preocupada de deixá-las toda vez que saio. Tia Nália está ficando muito maluquete, embora continue ativa. Não tem dia em que ela não coloque o sombreiro e trabalhe na horta arrancando as lagartas da couve, eliminando as folhas amarelas da chicória. Seus pés de alface são escandalosos e o canteiro de cebolinhas, sempre lindo. Sempre. Todo santo dia ela cobra o esterco de Josué, trocando seu nome pelo do caseiro antigo. Ele repete, na maior paciência, como se nunca tivesse explicado a ela, que o caminhão de bosta só passa às quintas. E que dia é hoje, Damião? É terça, Dona Nália, pode deixar que não esqueço do adubo do seu cheiro verde, não.

Quando Daniela e eu nos encontramos há pouco, pareceu que algo de nossa intimidade estava de volta. Na sala, havia uma penumbra gostosa. Fiz um drinque de seriguela madurinha, o pé está carregado e eu lembrei que ela adora. Ou adorava. Estávamos bebericando, ouvindo as tias na cozinha e nos lembrando de cenas da nossa infância. Quem lembrava mais era ela, que há muitos anos não pisava aqui no sítio. Do jeito que falava, parecia até outro lugar. Como cresci nesta casa, a paisagem para mim é a mesma desde sempre. Não disto tanto assim da menina magrelinha e dentuça que corria por aí.

Parece coisa de semana passada, não um acontecimento de vinte e tantos anos, o dia em que Antônio ficou perdido no mar de folhas de jambo e só foi achado no fim do dia. Marina com a testa aberta no balanço de ferro, toda ensanguentada e cambaleando na nossa direção até desmaiar no pé de Bia, foi ontem. E a vez em que os galos correram atrás de mim e bicaram meu dedinho porque entrei sozinha no galinheiro é uma coisa fora do tempo, acontece de novo toda vez que olho naquela direção. A gente era bem pequeninha e, depois desse evento, eu ficava dizendo para quem se aproximasse do canto perigoso das galinhas: não entra aí, não, que o galo te "avonça". Tá rindo de quê, Daniela. Não chego perto dessas predadoras de pena até hoje. A carne de panela da vó cheira longe quando tia Cida resolve que é dia de lembrar da nossa velhinha. Até o gosto ruim do leite adoçado com açúcar e um sujinho de Nescau nas canecas de plástico parece um moto-contínuo na minha cabeça. As canecas ali, ao alcance da mão. Você ainda acha que o *Mais* é o álbum definitivo da Marisa Monte? É verdade, depois teve o *Cor-de-Rosa e Carvão*, aquela obra-prima. Claro que me lembro das nossas coreografias. As revistas *Capricho* do Johnny Depp e a do Rodrigo Santoro ainda estão lá em cima, na mesmíssima caixa, junto com os batons vermelhos e os lápis pretos que usávamos com as roupas encardidas para brincar de pique atrás das roseiras.

Daniela falou, pela primeira vez, do quanto foi difícil, no começo, ficar longe do sítio. Sua mãe, tia Roseli, era casada com tio Ademar, único filho da vovó. Eles tinham um sítio aqui do lado. Meu tio era o varão e foi o único herdeiro do nosso avô, o único para quem meu avô escriturou terras em vida. O coitado morreu num acidente horrendo e quando isso aconteceu, tia Roseli juntou as filhas e foram embora para a capital, morar com os pais dela. Nunca os conheci, minha mãe falava que eram uns alemães ricaços. Daniela e Priscila eram boas alunas e estudaram nas melhores escolas. Formaram-se médicas, as duas. Nunca mais voltaram nem para passar férias, nem para visitar a vó e as tias.

Você nunca teve vontade de sair dessa roça, prima? Essa pergunta fez minha carótida estufar. Era a primeira vez em duas horas de conversa que sentia o sangue esquentar. Como assim "vontade", Daniela? Então era disso que se tratava? Eu passei a vida enfurnada no mato por uma questão de escolha? Ué, e não foi, *baby*? Não, bei-bi, não foi. Muito cedo entrei para o revezamento de quem ficava com a tia que há anos deu sinais desse estado em que ela se encontra. Todo mundo aqui deu um duro danado para que eu conseguisse estudar e ir para aquela faculdade de merda, que só abriu dois anos depois que terminei o Ensino Médio. Mesmo assim, foi bom poder fazer Nutrição, tem muito valor saber usar a comida para viver melhor e ajudar o corpo a equilibrar as mazelas. Só que não, não foi exatamente uma escolha ficar. Qual era a alternativa?

Ela perguntou que papo era aquele de curar mazelas, que eu parecia uma tia falando, que eu sabia muito bem que o que cura o corpo é remédio, hospital, ciência e que andava achando tia Nália muito decaída. Eu não achava, não? Era preciso levá-la para fazer uns exames, um *check-up*... E quem sabe até... Não deixei que ela concluísse a insinuação. Interrompi para falar das alegrias da tia, ela voltou ao assunto e a discussão acabou tomando outro rumo. Nossas vozes foram se elevando, nossos pontos se acirrando. Daniela, com sua cara de Danoninho azedo, enunciou com todas as letras que o melhor para todos era internar a tia de uma vez, colocá-la numa clínica, onde ficaria segura e bem-cuidada, todo esse besteirol de quem não está nem aí.

Ah, o que é que há?! Só porque saiu da roça, decorou umas bulas e aprendeu a dar pontos em carne estropiada acha que sabe tudo de tudo? Conheço bem o arzinho de dona da verdade, de quem nunca deu falta de uma cabeça de Barbie, um sapatinho de cristal. Imagina, tirar a tia de perto da horta, dos bichos do terreiro. Dá trabalho, sim. É difícil cuidar de uma velha caduca. Agora, o jeito vai ser tirar ela daqui? Aquela conversa foi me dando nos nervos e ainda mais com ela se aproximando de mim, falando perto, gesticulando com pausas ensaiadas, toda comedida, como se estivesse num palco. A minha mão coçando para dar na cara dela, eu mantendo o braço colado no tronco, enfiando as unhas na palma da mão para segurar minha onda. E ela só aproximando e cuspindo cientificidades na minha cara. Como se a tia fosse uma qualquer, que ela trata como quem põe uma boneca para dormir porque enjoou de brincar. Foi pensar nisso e a raiva acordou. Nem vi quando tasquei os dentes no braço dela. Um urro medonho de susto e de dor que ela revidou de pronto na mesma moeda.

Tecemos o alvoroço na boca da noite. Tia Nália de longe, espiando a confusão e apontando para os cantos, falando suas caraminholas. As tias vieram correndo da cozinha, enxugando as mãos nos aventais, o espanto estampado nas caras. Teve gente que quase rolou da escada. Dedeia veio com as crianças do terreiro. Donato largou a churrasqueira, e João, saindo do banho com a toalha na cintura, acudiu também. Toda a casa assuntava. A família ali, sem saber o que estava acontecendo, e o vozerio agudo se sobrepondo. Mas que que é isso? O que que é isso? Virgem Santíssima, o que que é isso?! Lá fora, também as cigarras endossaram o coro e, de vez em quando, indo e vindo, os rasgos esganiçados das araras entravam no fim das frases. As tias sacaram que a gente estava se atracando na mordida. Socorro, gente, alguém acode! Separa, minha Nossa Senhora! Separa, as menina. Separa.

Acenderam todas as luzes. Estávamos sitiadas e nos demos conta do ridículo daquilo. Nossos olhos se encontram, tão próximas uma da outra, mas cada uma em sua bolha sem ruídos. Ainda seguramos nossos corpos travados um contra o outro. Solta que eu solto, não lembro quem falou primeiro. Solta que eu solto, revidou a outra diante do espelho. Soltamos juntas e desatamos a rir. Riso estourado e nervoso. Uma sensação de estar pelada diante dos outros, queria me cobrir. Foi Donato quem primeiro sacou nosso constrangimento. Ah, vão se catar! E saíram todos dando de ombros, batendo as mãos no ar. Mas o que foi isso, gente, vocês não se veem há tanto tempo. Nada, tia, não foi nada. Ah, não têm mais o que fazer, não? Vão matar as saudades de outro jeito!

Retiraram-se todos e foi como se nada tivesse acontecido. Daniela virou o drinque num gole, se ajeitou na roupa, quis voltar a falar da tia. É preciso interná-la, Paula. Você sabe disso, não tem saída. Você ainda é jovem, pode viver tantas coisas, estudar mais, conhecer alguém legal. Filhos, você não pensa em ter filhos? Não está certo ficar enfiada nesse cafundó cuidando da tia. Não é certo, Daniela, pelo amor de Deus. Agora que descarregamos o ressentimento na carne, falamos feito gente. Feito mulheres adultas que cresceram grudadas e seguiram rumos distintos. Ex-amigas que já não se parecem em nada, mas têm essa vida longínqua em comum. Não consigo acreditar que tenhamos nos distanciado tanto daquele tempo que nos livrava de nosso próprio mal, nos separava de nossas ganas e nos devolvia à luz sem humilhar.

Daniela acende um cigarro no outro. Onde aprendeu a fumar assim? Parece uma largada. Você que está parecendo uma carola. Levanto e refaço os drinques. Brindamos. Trago do seu pito, sorrimos e nem assim encontro nada que me faça querer chamá-la de Dani. A gente não tem mais nada a ver. Como pode? Quanto mais você me diz que eu deveria ir embora, menos vontade tenho de deixar minha tia aos cuidados de desconhecidos. Quanto mais eu vejo seus olhos brilharem ao comentar de suas viagens pelo mundo, mais me apavora a ideia de ficar longe deste canto.

Não saber que fruta caiu, que bicho nasceu, quantos ovos o galinheiro botou e o Banzé comeu. Não sou uma alienada, Daniela. Conheço o mundo, mesmo sem ter ido muito longe. Nada do que vejo me seduz a ponto de querer jogar a mochila nas costas, dar um beijo nas tias e vazar.

É claro que tenho ambições, se tenho ambições... você é boba? Não estou morta. A tia tampouco. Já sonhei em transformar isso aqui num espaço de cura. Ajudar pessoas a se alimentarem melhor, criar receitas gostosas, ensinar a prepará-las, receber os amigos com uma fogueira e vinho. Sim, tenho bons amigos. Poucos e confiáveis. Não sei se quero filhos, já cuido demais dos outros. Podia ter sido diferente, mas não foi. E eu gosto de quem sou. Precisava de mais estrutura, um pouco de grana e coragem para encarar um empreendimento. Quem sabe um dia? Você tem razão, fico consumida com a lida do sítio, mas por enquanto é assim. Ela está gagá e conta comigo para viver essa derrocada.

Sim, ela fala muito dele, cada dia mais. Tem uns cantos a que ela já não vai. O jacaré preto restringe sua mobilidade a cada dia. Está confusa, alucina. E brilha também. Há noites em que a recolhemos de madrugada no terreiro, dançando nua, coberta só com o xale da vovó. Outras, ela se pela de medo de sair, diz que o jacaré avisou que não é para botar o pé para fora de casa, senão vai comê-la. Se eu acredito? No jacaré-açu? Não, né, Dani! Acredito na vida e na morte dignas, no direito que eu também queria ter de terminar meus dias no lugar que amo, perto de quem me conhece e me quer bem. Por enquanto, as funções fisiológicas dela estão plenas, mas logo vamos precisar de mais ajuda por aqui, sim. Uma cuidadora ou uma enfermeira. Saberei a hora de pedir ajuda. Vai, prima, vai descansar que amanhã o barulho começa cedo, com as passarinhas aqui no manacá. Boa noite.

Quase uma da manhã e não tenho sono. Vou até a cozinha fazer um chá. A geladeira está que é uma beleza, só recheio. Acho que nunca vi tanta fartura nessa casa. Ninguém vai dar falta de um pernil com tanta carne temperada para amanhã. Só chamando os vizinhos para dar conta disso tudo. Esqueceram a porta da área de serviço aberta. Saio e o ar gelado da noite me arrepia. A camisola é de alça, mas tenho preguiça de voltar para pegar um xale, não quero que acordem. Seguro a peça de carne pelo papel alumínio enrolado na ponta do osso e vou torcendo para nenhum cachorro me seguir. A Lua está imensa e pavimenta o caminho. Chego no barranco, onde fica o tronco parrudo da mangueira que tombou com a última cheia. É fácil subir, mas preciso deitar e me arrastar de gatão até a ponta que avonça sobre o barranco. Minhas pernas abraçam a árvore, é bem alto. A seda da roupa sobe, sinto os veios abertos da casca áspera e o musgo roçarem a parte de dentro das coxas. Me estico um pouco mais, quero ver se ele está ali embaixo. Sim, lá está, pretíssimo no canto arredondado e seco da margem. Descasco o papel alumínio do osso do pernil, minhas mãos engorduradas lançam de cima do tronco o naco de carne. Ele nem se mexe. Tomara que goste de tomilho, coisa da tia Zilda. Aqui, não temos costume de usar na marinada.

Banho de folhas

Inala o azedo. As pálpebras se abrem. Chinelos a postos ao lado da cama previnem os pés do contato com a cerâmica fria. Amanhecer dói. Antes de passar a escova nos fios amassados, toma um gole de água da noite anterior e calça o céu da boca com a ponte que dormia no outro copo. Tateia os óculos sobre a mesa de cabeceira. Estão exatamente entre as contas do terço e a lombada do livro que chegou pelos Correios. O livro é presente da sobrinha Diana, que foi estudar no Rio e se tornou professora de Educação Infantil.

Diana sempre gostou de crianças e de livros. Fez vestibular decidida a cursar Pedagogia e se tornar professora. Escolha que a família tolerou a contragosto, pois achavam um desperdício de inteligência a menina tão aplicada não estudar Direito, ou ao menos Jornalismo. Diana não arredou o pé de sua escolha, passou para Pedagogia e foi viver sua vida. A única pessoa que a apoiou foi Noêmia, e é desde então que as duas estabeleceram um vínculo especial. Sabendo que a tia é louca por versos, a moça, volta e meia, manda de presente um lançamento de poeta estreante ou uma antologia rara que encontra em algum sebo da Lapa.

Noêmia tem esta regra para os livros: lê, religiosamente, um poema por noite. Ainda que se apaixone pelos versos, não vai além. Quer que durem muito e pretende conservar um estoque de poemas não lidos até que o carteiro venha de novo. Nunca contou a ninguém, mas é como se tivesse um pacto com a vida: enquanto houver páginas e poemas a ler, o dia amanhece para ela.

Finalmente, escova os cabelos cinzentos. É muito orgulhosa de seus fios compridos, sabe que nem todas as pessoas podem chegar a sua idade mantendo esse volume e comprimento. Trança-os do topo da cabeça ao meio das costas, onde batem, arrematando com a seda vermelha, retalho de uma fita que ela reserva para isso. Veste a jardineira jeans surrada, seu uniforme de trabalho, e vai passar seu café.

Aos sábados, Noêmia gosta de se levantar devagar. Durante a semana, é acordada todos os dias pelo despertador, e sai bem cedo da cama para preparar e servir o café a quem precisa sair. Era assim com a filha; é assim com o neto que ela lhe deixou. Da manhã de sábado, porém, Noêmia não abre mão. Sábado, quem tem de estudar ou trabalhar que ponha seu próprio despertador e faça seu café; ou não faça. Suas manhãs são dedicadas ao sono comprido, ao café coado sem pressa, ao rebuliço da feira, ao assado, aos passeios de bicicleta, à preguiça.

Agora, depois que esse vírus se espalhou e a quarentena fechou tudo, mesmo a não rotina de sábado está mudada. Noêmia já não faz feira, feiras já não há. Passa o segundo café e leva alguns minutos ao telefone, pedindo verduras e provisões para a semana pelo aplicativo. Os pedidos vêm da vizinhança e chegam ligeiro. Tão logo entram em casa, são desinfetados com álcool ou lavados na pia de fora antes de passarem ao armário da cozinha.

Faz todo esse ritual para não perder o tempo, ainda mais langoroso, do domingo, nem se afobar durante a semana. Afinal, Noêmia tem prazos para a entrega das roupas consertadas e das máscaras, que começou a fazer desde o início da quarentena, quando ninguém sabia ainda ao certo se essas máscaras caseiras realmente teriam eficácia. Sem questionar demais, Noêmia se antecipou, foi logo aprendendo a fazer o molde com um tutorial do YouTube e se pôs a costurá-las. Depois, pediu ao neto que a ajudasse a fazer um anúncio para a conta do Instagram e agora está tão atarefada com os pedidos que quase não consegue vencer as demandas.

Mesmo com os pedidos transbordando e, ainda que impedida de sair por causa desse vírus danado, das manhãs de sábado ela definitivamente não abre mão. Feitas as compras, devidamente higienizadas e guardadas, entrega-se ao quintal: podar, adubar, revolver a terra, regar. O trabalho não tem fim, já que Noêmia não tem tempo de se dedicar às plantas durante a semana. Embora sejam somente ela e o neto, é ela quem zela por tudo na casa.

Por ora, nem a irmã mais nova — que de vez em quando a visitava, trazendo do sítio ovos, limão e queijo — aparece mais. Falam-se pelo celular, mas não é a mesma coisa que se sentarem de frente para as ervas, exibindo o terreiro verde e aromático, comendo o queijo fresco temperado com azeite e manjericão, e tomando uma garrafa de vinho, que Noêmia guarda para ocasiões desse tipo. A lembrança constringe um pouco seu coração, está saudosa da irmã, de suas conversas que misturam um pouco de riso e sal. Quando esse vírus desgraçado sumir, fará um tremendo jantar para as duas e encomendará um vinho ótimo, daqueles que Alzira adora, estalando os beiços após cada gole, enquanto examina o rótulo e bendiz a vinícola.

O reparo das roupas e a fabricação de máscaras complementam a renda da pensão que o pai de Renato manda mensalmente. Desde que deixou o menino aos cuidados de Noêmia, nunca mais apareceu, mas o dinheiro não falha. Dizem que se casou outra vez. O certo é que nunca mais quis ver a cara do filho. Noêmia tem para si que a covardia o impede, que Augusto tem medo de olhar para Renato e se deparar com Dora numa quina qualquer do rosto do filho. Talvez haja algo mais, mas isso pouco importa a Noêmia. Quaisquer que sejam as razões para um pai abandonar um filho desse jeito, elas escapam à sua compreensão.

O que também não entra em sua cabeça de jeito nenhum é: por que raios Augusto acha que pode se eximir de ser pai enquanto ela, além de não ter sido perguntada sobre querer ser avó, tem de se fazer enchimento para os buracos da mãe que faltou e do pai que abandonou? Por que é que cabia a ela concentrar em sua figura gasta todas as funções de uma família? É ela quem segue obrigada a encarar diariamente a cara do neto, enxergando no fundo dela os traços da filha que se foi.

O fato é que Noêmia lida com essa violência de ter enterrado a filha tão moça, com os peitos cheios de leite e amor pelo seu recém-nascido. É uma constatação ruminante do egoísmo do genro. Mas, no fundo, é sem rancor porque, apesar de tudo, ela gosta da companhia desse neto que já lhe trouxe tanto, de preocupações e alegrias. Foi para ela que ele balbuciou as primeiras palavras, fez os primeiros rabiscos e deu as primeiras respostas atravessadas. Das mãos dela, ele recebeu os primeiros tabefes e afagos.

Nesta manhã antecipada, nenhum gesto estanca o azedo que empurra Noêmia para fora da cama mais cedo. A contragosto, põe-se sobre os quadris e arrasta os chinelos até a sala onde se depara com uma poça de restos fermentados, cujo rastro — os olhos dela caminham — dá no quarto de Renato. Se não tivesse visto as pegadas pelo corredor, pensaria em vingança e mau agouro, pois o que parece é que um abutre invadiu a casa e despejou carniça no meio de sua sala. O fedor a deixa tão nauseada que, por pouco, ela não contribui com a lambança. Cretino. É só o que sai na voz. Está cansada de argumentar com Renato, de ver se esvaírem seus esforços para fazer o melhor por essa pessoa que não trouxe ao mundo. Está exausta de se desdobrar, cheia dessa sobrevida que tem em relação à filha.

Noêmia já não sabe mais o que dizer para dissuadir Renato de sair de casa para esse trabalho noturno que arrumou. Argumentou de todas as formas. Disse, mais de mil vezes, para ele se dedicar aos estudos para, depois, pensar em ajudá-la. Agora, então, com essa doença espalhada no mundo, exige-se de todos a prudência de suspender um pouco as saídas. Mas não é de grana que se trata. Não só. Noêmia sabe.

Ela não quer parecer uma velha rendida, que pretende terminar os dias confinada em casa, comendo raízes e esperando o mundo acabar. Acontece que ela entende a pausa e quer muito fazê-lo entender também. Na verdade, ela quer muito que ele a dispense de explicar algo tão evidente a ponto de tornar qualquer comentário seu um excesso humilhante. Convencer Renato a ficar em casa é convencê-lo de que a teimosia dele põe em risco também a vida dela. Noêmia não pode admitir que o neto seja tão burro, ou tão egoísta. Sente-se completamente invadida no direito que lhe compete de trancar sua porta para a morte. Pede-lhe que não desperdice o tempo e as noites de sono com bebidas e outras drogas, porque a vida passa feito um peido, meu filho, até para quem não se afunda em cagadas.

Noêmia fala assim mesmo, não usa meias-palavras com o neto. Sempre o proveu, mas nunca foi avozinha de manhas e cafunés. É ríspida, brava. Mesmo quando quer ser terna, é meio seca de tão direta, mas tem lá o seu jeito de amar esse menino. Um jeito de quem perdeu tanto que aprendeu a andar por onde não tem caminho.

Contornando o vômito e morrendo de medo de escorregar e se estabacar, Noêmia consegue chegar à cozinha. Não há a menor possibilidade de tomar café com essa podridão recendendo pela casa. Caminha até o terreiro e começa o périplo pelos canteiros de ervas. Enche uma bacia grande com folhas de mangueira, sálvia, alecrim, manjericão, cada uma com sua função precisa. Nada é colhido à toa, nenhum excesso na bacia. À medida que recolhe as ervas, Noêmia vai pronunciando seus nomes em uma cadência rítmica que faria seu corpo balançar, não estivesse tão tensa. Lembra-se de que é sábado e sente a espinha repuxar. No momento, ela só pensa na limpeza. Séria, como quem confere ingredientes de uma lista: para-raio, bete branca, assa-peixe, abre-caminho, patchouli.

Terminada a colheita, Noêmia passa pela dispensa e apanha o tacho. Retorna à cozinha, com o molho de folhas, e começa a encher o tacho com uma vasilha. Enquanto a água aquece, Noêmia lava um balde grande no tanque e aproveita para macerar as folhas da mangueira que não devem ser aquecidas com as outras. Esfrega com os punhos e pronuncia livramentos. A casa é puro silêncio. Noêmia desliga o fogo e começa a colocar as folhas restantes na água, repetindo seus nomes, conferindo, mais uma vez, a lista de ervas. Agora, os aromas abafam o cheiro podre. As folhas decantam na infusão e ela já tem vontade de tomar um café. Aliás, sente que precisa do vigor que só essa bebida lhe traz. É o tempo de o banho ficar pronto, pensa, e passa seu café forte e amargo.

O sábado parece começar ali. Completamente fora dos parâmetros, é verdade, mas começa. Até a raiva parece que passa depois de dois goles.

Parada diante do quarto de Renato, Noêmia cria coragem para entrar, enfrentar a atmosfera rançosa, que mistura sangue, suor e vômito, e se aproximar do corpo desmaiado do neto. A mistura de ervas está pronta no banheiro. Ela levou o balde com o preparado de folhas para dentro do boxe do chuveiro, deixando a postos o xampu, o sabonete e a esponja. Ver da porta o corpo de Renato estirado na cama não traz as melhores lembranças. A falta de convivência com o pai parece ter afastado qualquer semelhança física com o genitor. Noêmia sente que ao menino foi negado um costado da família. Sua mãe dançarina tinha uma sede de viver e uma capacidade de sustentar a alegria que ela, Noêmia, nunca teve. Ali, largado de bruços sobre a cama, Renato se parece é com a mãe. Se bem que, olhando-o esparramado na cama agora, Noêmia reconhece os traços de seu pai, bisavô de Renato, que ela, quando moça, cansou de ajudar a trazer para casa depois que tombava na rua com as bebedeiras. Ela e a mãe preparavam o banho de folhas para ressuscitá-lo. Que lástima de herança é essa?, perguntava-se.

Abanando a mão na frente da cara, Noêmia quer dispersar as lembranças e afastar os pensamentos que insistem em ditar um destino para o neto. Não quer acreditar nessas bobagens e confia no que fez pelo seu menino. Ajoelha-se perto da cama, faz uma oração antes de tocá-lo e começa a despi-lo. Duas vezes, tem que chegar até a porta para tomar fôlego, devido ao fedor insuportável. É um pedacinho difícil esse da adolescência, consola a si mesma, embora se lembre de que o neto está para completar dezoito anos. Acha que a adolescência de Renato está se dilatando, não dá sinais de estar chegando ao fim. Por sorte, o banheiro fica de frente para o quarto e ela pode arrastá-lo, encaixando seus braços sob as axilas do menino. Forra o chão com um lençol e vai puxando o neto, ajeitando seu corpo com cuidado: primeiro as pernas, depois os braços, ajeita o tronco. Por último, encosta sua cabeça no chão. É tudo difícil. Ainda que maleável, é um corpo de homem, pesado para os ossos cansados de Noêmia, já menos capazes de sustentar ela mesma, quanto mais os outros.

Atravessar a porta, contornar o vaso e a pia do banheiro não é o pior. O pior é enfiar o corpo do neto dentro do boxe. De vez em quando, Renato sente a torção das manobras que a avó faz e resmunga, mas não chega a abrir os olhos. Sabe que é cuidado por Noêmia? Que diante da avó está nu em pelo como não ficava desde os oito anos? Está completamente entregue. Se encolhe num gesto involuntário quando a água bate em suas pernas, aquele primeiro esguicho que não teve tempo de ser aquecido, e que qualquer pessoa, em plena posse de suas faculdades físicas e mentais, apara com a palma da mão antes de se enfiar por baixo. As condições de Renato não permitem nada disso e a avó não pode fazer como quando tinha a coluna forte e ereta e ele era um pequeno filhote, que ela segurava com apenas um dos braços.

Enquanto a água bate no corpo de Renato e leva embora a camada grossa de sujeira, Noêmia, do lado de fora do boxe, vai se despindo, sem descuidar do rapaz. Não há outro jeito, ela também precisa entrar debaixo da água para esfregar aquela imundice.

Depois de passar a blusa pela cabeça, espia-se ao espelho e vê seu colo enrugado, a fita vermelha do cabelo grisalho pendendo sobre os seios murchos dentro do sutiã. Ouve um engasgo e entra rapidamente no banho para socorrer Renato. Senta-se e levanta-lhe as costas para acomodá-lo em seu colo. Começa, com um rigor litúrgico, a lavar o corpo de seu menino: esfrega a cabeça duas vezes e cheira o couro cabeludo para saber se o bodum se desprendeu.

A primeira água sai marrom, a segunda, mais vermelha. Noêmia procura pela ferida e a encontra acima da orelha, perto da têmpora, minúscula. Não parece demandar sutura. Deixa a cabeça mais alta para estancar e a pressiona contra sua blusa. Esfrega o corpo do neto com a esponja embebida de sabão e nota umas pelezinhas soltas em suas costas. Pareciam descascadas de sol, ela observa enquanto o enxágua. Noêmia confere outra vez a cabeça de Renato e constata que parou de sangrar.

Agora, começa o banho de ervas, pegando as folhas no balde e esfregando-as nas costas de Renato. Esfola a carne do rapaz com as plantas, usando os punhos. Sem economizar energia no gesto, a mulher nota em sua mão uma casca. Interrompe a esfregação e examina as costas do neto. Há uma lâmina de pele fininha, que a avó puxa até o cóccix. Ele despela e ela se entretém nessa função. Quando acha que tirou toda a pele solta, Noêmia retoma o banho, derramando sobre o corpo de Renato outra caneca de ervas. Ela observa soltar-se mais um resíduo de pele. Torna a esfregar as folhas e a puxar a camada mais grossa e mais difícil de ser removida. Repara que sob aquela que se desprende, há sempre uma pele mais nova que também pede para ser retirada. Noêmia não cede, se entrega à incumbência de descascar aquele corpo até parar a escamação. Vai esfregando com todo ímpeto a pele do menino que criou com tanto amor, a despeito do cansaço.

Esquecida do tempo e absorta na tarefa que se impôs, Noêmia se dá conta de que o corpo do neto diminui, já não tem pelos nas pernas, nem nas axilas, nem no saco. Vê que a próxima camada é ainda mais macia e fina, como quando Renato tinha dez anos. Detém-se perplexa e olha ao redor, está cercada de cascas imensas de pele, feito mudas de roupa. Noêmia segura com as duas mãos a cabeça do menino em seu colo. Já não há nenhum sinal de ferimento, está limpo como nunca, seu rosto de criança que dorme tranquila é o mesmo rosto da filha aos dez anos. Assombra-se com tamanha semelhança. As gerações se sobrepõem e a gente nem tem tempo para esse espanto, contempla Noêmia. A filha que partiu tão prematura deixando-lhe um pacotinho sem leite e sem manual. É verdade que ela havia educado uma menina, aos trancos e barrancos. É verdade. Mas àquela altura da vida, não imaginava se ver novamente responsável por outra vida, até porque nunca esteve em seus planos ter mais filhos, estava satisfeita em ser mãe de Dora apenas. Não teve escolha. E à diferença do modo como educou Dora, Noêmia nunca soube, com Renato, o quanto havia acertado. Empenhou toda sua vitalidade e seu amor de mãe e avó, mas algo entre eles se desconjuntava.

Torna a enxaguar o corpo que tem nas mãos com o banho de ervas e, sem saber exatamente por que, continua a descascá-lo olhando para sua carinha infantil, sua pele lisinha, sem marcas e sem manchas, que rejuvenesce a cada camada que retira, e ele mingua em seus braços virando criança pequena, muito pequena, um bebê de colo. Noêmia sorri e chora para todas aquelas fases que revive com seu menino. O primeiro banho que deu nele quando chegaram a casa depois do velório. As palavras ocas de amor que pingavam de sua boca triste de mãe órfã e se misturavam ao choro faminto do bebê. Seu peito seco, o olhar vazio do menino, ambos clamando pelo corpo ausente de Dora, para aplacar faltas distintas e insuperáveis.

Renato esperneia nos braços de Noêmia e se parece com o bebê daquele dia. Ela, porém, já não se sente tão perdida. Sabe exatamente o que deve fazer e não para de arrancar as peles do neto, de descascá-lo. Nem quando ele perde as feições de recém-nascido e não passa de um feto, um coágulo pulsante do tamanho de uma ferida não cicatrizada, uma pílula de carne que Noêmia alisa com as pontas dos dedos e, vendo que essa já não se desfaz, engole-a.

***

Noêmia não havia feito nenhum pedido para entrega. Sabe que quando a campainha chama assim insistentemente é o carteiro querendo deixar algum pacote. Levanta-se com dificuldade, está pesada demais. Já vai! Estou indo! Tenta ser mais ligeira ao atravessar a sala arrastando os chinelinhos. Já vai! Ontem mesmo as bananas estavam verdes na fruteira, que horas amareleceram assim? Pacotinho do Rio. Só pode ser de Diana, mais uma de suas delicadezas em versos. Noêmia vai logo pegando um pano com álcool e passando na embalagem. Encontra, como suspeitava, um pequeno livro de capa rosada e um envelope com uma longa carta que a faz estremecer. Senta-se, esparrama as páginas sobre a mesa e se entrega à leitura:

Tia querida,

Há meses quero escrever e não reúno forças. Comecei vários e-mails, mas sempre rompia num choro ridículo que não me deixava terminar. Ensaiei ligar várias vezes, mas a boca secava no primeiro sinal da chamada e eu, covarde, desligava. Não consegui achar palavras decentes de consolo, tia. Perdoe, eu mesma estava desolada. Desde que mamãe contou sobre o sumiço de Renato, fiquei abalada demais. Egoisticamente abalada e procrastinando esse momento em que me sentaria e me permitiria ser tomada por lembranças de minha amizade com Dora, nossas conversas íntimas, nossos acertos aleatórios e erros cúmplices, próprios de quem descobre a vida e a deseja ardentemente.

Dora nunca falou em casar e ter filhos. Falava de viajar, de ganhar o mundo. Ela não via a hora de terminar de juntar a grana para conhecer Paris, sonhava até em morar fora do país. Disse que até abriria mão da formatura para completar o que faltava da passagem. Estava tudo acertado com as amigas, a Ana e a Bia. Essas duas, pelo que me lembro, já podiam até ter ido. Os pais tinham condições de bancar seus caprichos. Mas elas esperavam Dora reunir sua parte para irem juntas. Ao menos era sobre isso que conversavam à noite quando dormiam na casa da senhora — acontecia de eu estar junto. Lembro que elas passavam as tardes estudando francês e depois montando os roteiros de viagem. Eu, mais nova e ainda sem planos, só acompanhava a conversa entusiasmada das três, admirando a coragem e a determinação de minha prima, que parecia saber exatamente aonde queria chegar.

Isso foi um pouco antes de ela conhecer Augusto e se apaixonar loucamente. Lembro-me de ter ficado muito chocada, decepcionada até, com a súbita mudança dos planos de Dora. As meninas acabaram viajando sozinhas e a vontade que eu tinha era de me oferecer para ir em seu lugar, como substituta. Dora só queria saber de amar, só queria saber de Augusto. Parece que todos os seus desejos foram achatados, ou melhor, substituídos por esse moço. Ficava me perguntando sobre esse fenômeno e pensava que o amor, da forma como se apresentava para Dora, era uma idiotice. Imagina, trocar o mundo por um cara! Nunca conversamos a esse respeito. Ela sempre esteve apaixonada demais e eu não me sentia autorizada, acho que nem tinha condições de tocar nesse assunto com ela.

Dora se afastou das amigas e de mim. Estava tomada pela paixão e por seus novos planos de viver como mulher dele. Ficou séria, grave, mudou até o jeito de vestir. Eu assimilava que aquilo fazia parte de se tornar adulta, acho que ela também. Dora acabou engravidando. Quando veio me contar, seus olhos transbordavam de alegria. Estava tão ansiosa e animada que — mesmo me perguntando como era possível que uma pessoa trocasse de maneira tão brusca seus interesses e sonhos sem se abalar, se revoltar, se acabar em prantos — achei que só cabia ficar feliz por ela também. Porém, os pensamentos que me vieram naquela hora estão frescos como se me passassem agora. Pensava que se fosse comigo, não suportaria, ia romper minha barragem, chamar-me de burra e miserável, maldizer a vida e a natureza do meu corpo. Dora não. Tudo bem que a paixão turva um pouco a visão, mas o fato é que ela assimilou a guinada, gostou de estar grávida e de assumir as responsabilidades e a seriedade daquela situação.

Até hoje, quando me vejo assim inundada, parece que vejo a boca torcida e impaciente de Dora me dizendo: basta, assim você vai desidratar! Desde sempre fui essa manteiga derretida, e a nossa Dora, aquela explosão de ímpetos. Tantas palavras me vêm para tentar nomear a ausência de Dora em minha vida, tia, mas sinto que qualquer coisa que disser soará desrespeitoso diante da sua dor. A verdade é que nossas feridas doem em lugares distintos. No fundo, eu sei. Sei que a falta que sinto da minha prima (e minha maior amiga da vida inteira) não diminui, nem se compara a sua latência. Então, releve esse meu jeito desajeitado de começar com minhas memórias, perdoe se minhas palavras provocam sofrimento. Acontece que preciso me dirigir a você e não saberia começar sem falar de Dora e sem mencionar Renato, esse filho que ela sentiu tanto orgulho de carregar, mas não teve a chance de ver crescer.

Não conheci muito bem Renato. Não sei se a dor era tanta que precisei fugir... Desculpe-me, tia, não quero ofendê-la. Não consigo evitar esse sentimento de culpa que vem junto de tantas lembranças e parece que me esmaga. Sei que todo mundo achou mais fácil fugir a ter de lidar com a perda de Dora e com a chegada do bebê. Mamãe me contou que Renato vinha tendo problemas com drogas e que agora está desaparecido. Aqui na escola onde trabalho a gente fica sabendo de cada história triste, tudo tão desastroso envolvendo o tráfico e o vício... Fico aqui tentando supor esses labirintos, tudo pelo que passou aí sozinha, tia Noêmia.

Ao cabo, fiquei sendo eu a prima que viajaria e estudaria longe. Não sei se tanto desejei o desejo de Dora e, depois de sua morte, acabei fazendo o que ela, em seus momentos mais cintilantes, dizia que faria. Morando aqui no Rio, acabei não estabelecendo com Renato uma relação muito próxima, e me ressinto disso. Não é que eu pense que poderia ter evitado qualquer coisa na vida dele, mudado o seu destino. Não é isso. É só que às vezes os laços de afeto servem de boia. A escolha é sempre de cada um, mas enxergar os lastros pode torná-la um pouco mais fácil, não acha? Penso que sim. O fato é que não me aproximei de Renato, não criei esse vínculo e me sinto mal. É mais uma constatação de que a vida é desafiadora para quem nasce e, para além de nossas correrias, é preciso estarmos atentos uns aos outros...

Nesse clima de memórias nostálgicas, fui espiar umas fotos antigas e me vieram as histórias de quando vim parar aqui no Rio.

A gente tem uma ideia festiva do que é sair da casa da família para morar sozinha em uma cidade badalada. Ah, foram tantos sufocos, tia Noêmia. Algumas coisas nunca contei a ninguém. É o que lamento bestamente não ter compartilhado com Renato, embora eu saiba que não é assim que funciona. Tem pedaços por que a gente passa e que só servem para a gente mesmo.

Bem, já vai longe esta carta lamuriosa. Quero contar um pouco sobre o meu presente: no semestre anterior, fomos surpreendidos pelo período caótico da quarentena, suspenderam o semestre letivo aqui na escola. Neste semestre, retomamos as aulas na modalidade on-line. A senhora não imagina o que é tentar dar aulas on-line para crianças. Tento ler para eles como fazíamos em sala, no pátio e sob as árvores da escola, mas não há jeito de reter a atenção dos pequenos. Foi um verdadeiro caos essa redução às telas. Ficamos tentando nos haver com essa novidade de ensino a distância e toda a coisa de intuirmos um jeito de reinventar o trabalho. Isso drenou minhas forças.

Como tanta gente, tentei ocupar a cabeça com outras coisas além do trabalho e acabei me inscrevendo num curso de poesia contemporânea. Na bibliografia, estava o livrinho que mando com esta carta. Decidi mandá-lo depois de ver sua foto no Insta, de barrigão, com a trança caída de lado e um baita sorriso que me passou uma alegria serena. Tia Noêmia, você está magnífica!!! Foi essa imagem transbordante de vitalidade que me deu coragem para escrever, enfim, esta carta.

Não sei bem o que anda acontecendo. Não sei como tudo se deu. O que sei é que a mamãe está possessa, irredutível. Sei que vocês não se falam há meses e isso me causa enorme consternação porque sei o quanto vocês se querem bem. Ela disse que você pirou, está ressentida por você ter quebrado a quarentena dormindo com alguém "só" para engravidar, já que não há ninguém, nenhum namorado na sua vida. Diz que você foi absolutamente irresponsável com sua saúde, que não sabe como foi possível, mas, o sendo, é insano insistir em correr o risco de levar adiante uma gravidez solo com essa idade. Ela não se conforma que a essa altura da vida, depois de tudo que passou, você possa pensar em pôr outra pessoa no mundo e começar tudo de novo, quando deveria, segundo as prescrições sistemáticas da cartilha dela, cuidar apenas de si. Sim, ela me disse tudo isso e contou que disse também a você.

Pois, tia, se ouviu tudo isso, estou me autorizando a dizer que me enche de entusiasmo e alegria esse seu modo de recomeçar. Olhei a sua foto e fui reler os poemas do livro que envio. No fim das contas, trata-se de uma aventura, uma liberdade para experimentar o acaso e aprovar a vida no sentido mais extremo. Trata-se de se permitir viver com alegria, aquilo a que você se propôs. É claro que a senhora conhece os riscos de engravidar na sua idade, para a gestante e para a criança. Sei que está se cuidando, e me parece também que está cheia de coragem para enfrentar todos esses riscos.

Não sei se estou enganada, sinto que as coisas vão um pouco além do lance da maternidade. É notório que passa por aí, só que, para mim, continuar a nascer depois dessa notícia, dessa foto e dessa quarentena ganhou uma amplitude expandida. É como se a elasticidade dos tecidos se aplicasse também à consciência de um lugar no mundo e da relação com os outros. Fazer corpo, correr os riscos do processo gestacional, deixar sair. Soltar um corpo no mundo, libertá-lo para que faça o seu percurso.

Amo a senhora. Admiro imensamente a mãe, a tia e a avó que foi por todo esse tempo, mas, sobretudo, admiro a mulher vigorosa e inspiradora que é para mim. Saiba que, no que estiver ao meu alcance, farei tudo para que a relação entre você e mamãe volte a ser como sempre foi. Sei da cumplicidade e do amor que há entre vocês duas, isso não se desfaz. Ela está preocupada e reage muito mal à insegurança, ao medo de que algo ruim aconteça com você. Embora seja mais nova, é uma turrona e os caminhos fizeram com que nela recrudescessem os valores mais conservadores. São as escolhas de que somos capazes, não é mesmo?

Estou feliz e ansiosa com a chegada desse bebê e, desde logo, reivindico o posto de madrinha dessa criatura que vem aí. É sério, tia, pretendo estar perto, mesmo morando longe. Quero ajudá-la, e não estou falando apenas de proventos materiais, isso também, se precisar. Mas, se permitir, quero estar muito próxima de vocês e participar dos momentos importantes e decisivos da vida desse primo ou dessa prima.

Quis escrever a carta porque achei que seria a única forma de conseguir dizer tudo o que precisava sem me emocionar demais. Se me visse agora, debulhada em água, ia explodir de rir. Sou patética com essa minha choradeira, a Dora estava certa, um dia ainda acabo desidratando. Espero notícias de como estão agora e da data provável do parto. Minha intenção é estar aí, junto de vocês, para esse acontecimento de nossas vidas.

Beijos e abraços com muito amor e admiração,

Diana

Dessa vez, a regra seria outra. Em vez de ler um poema por dia e fechar o livro, economizando versos para o dia seguinte, Noêmia decidiu gastá-lo. A começar por hoje, leria o petardo inteiro, todos os dias, até a chegada da criança que ela espera e com quem já recomeça a nascer.

Boda

Entrecortada pelas palmas e pelo parabéns entoado ligeiro, eu ouvia mal o que, de longe, parecia uma frase. Hora? Embora? Ãh, ãh... Agora! Humm. Agora? Era isso! "E agora?". Quem falava? Apertava meus olhos na boca dos presentes. Dali, só saíam mesmo as palavras decoradas do parabéns. Vinha de onde esse "e agora"? Sentia que, se ficasse quieto, mesmo que aquelas bestas não se calassem, poderia descobrir.

Tinha pressa. O enterro estava marcado para duas horas. Não queria bolo, não gosto de doce. Tinha fome de um bom prato de arroz, feijão e carne, um bom naco de carne macia. É preciso sustância para aguentar o ofício. Não é fácil abrir e fechar cova debaixo de sol. O que aqueles dois pensavam? Só porque era folga de Geraldo e porque Leontina tinha terminado a faxina da capela mais cedo, acharam que podiam pegar o dinheiro do almoço e comprar doce. À merda os dois! Quem aqui pediu bolo?

— Cinquenta anos, Diógenes. Tem de comemorar, fio!

— Comemorar o quê, Leontina? O recorde de tumbas abertas e fechadas nos últimos trinta anos...

— Ó, terminei mais cedo hoje a capela. Quer que eu ajeite a casa pra você? Aproveita que tô fazendo desconto pra aniversariante. Vai, deixa a chave aí.

— Você é quem sabe, Leo. Tá aqui. Depois tranca tudo antes de sair, viu?

Leo é prestativa, sempre me ajuda com a casa. Às vezes dorme lá comigo, leva uma conserva de gueroba, a gente frita uma linguiça, conversa, depois se entende muito bem na cama. Eu gosto. Gosto muito quando ela vai ficando e fica. De vez em quando, a gente bebe umas canas um pouco além da conta e ela deixa escapar alguma coisa de sua história. Não teve uma vida fácil, trabalhou muito e criou os dois filhos. Quando era criança, ela morava na roça, e quase ficou surda por conta de um bicho que entrou no seu ouvido. A sorte é que acudiram rápido e conseguiram tirar o danado, mas não deixou de fazer um estrago. Ela sempre escutou mal e parece que acabou apanhando muito por conta disso. Chamavam e ela não atendia. Tem umas marcas feias no corpo, coisas que nem com muita bebida consegue falar. A gente não força, cada um com seus esqueletos.

Deixei a festa e fui cuidar da casa do morto. Muitos anos fazendo isso, a gente se acostuma, perde a curiosidade. Ainda criança, já ajudava o pai e queria saber das histórias, das idades, de como tinha acontecido a morte. De tão impressionado, não pregava o olho à noite. Hoje, vou lá, faço o que tem de ser feito e lacro tudo que é preciso para eu e o morto dormirmos sossegados. Sou prático, faço tudo com profissionalismo, mas sem entusiasmo. Estou um pouco cansado dessa lida... Esse dia não foi diferente. Pronto para o trabalho, nem um pouco a fim de dar mole para a tristeza. Olhei a terra vermelha e fofa e encarei o serviço. Padre Mathias foi quem fez a cerimônia. Gosto dele, sempre sucinto em suas despedidas.

O que sei é que esse padre sempre me pareceu um sujeito dos bons, não é por ser padre não. Está cheio de representante divino por aí não fazendo mais que enlamear o Santo Nome. Padre Mathias tem interesse pelas pessoas. Se pergunta, quer mesmo saber. Pela manhã, Leo tinha dito a ele que eu completava anos. Não sei por que essa mulher acha tão importante fazer aniversário. Eu nunca soube qual a graça, se cada ano que passa só aproxima a pessoa do fim. Francamente, nunca entendi.

O padre sabia que eu ia trabalhar. Na hora do enterro, conclamou os presentes e pediu que eu me aproximasse também. Obedeci, né? Padre, já viu. Ele estava na cabeceira do caixão, ainda bem que já tinham posto a tampa. Afinal, se eu não pretendia topar a tristeza, era natural que também não tivesse a menor intenção de me despedir de um rosto desconhecido.

Tão logo começou a falar, percebi que não era um sermão qualquer. Não usou palavras de natureza, nem de julgamento, nem de igreja. Falou de uma grandeza que eu não entendi. Disse de gente com imensidão dentro. Gente que, não sendo vazia, se esvazia para desfazer os vazios. "Doação" foi a palavra de ordem do sermão. Ao terminar, Padre Mathias apertou algumas mãos, ofereceu uns três abraços e voltou-se para mim, que já estava a postos com minha pá. Não sei, até hoje, de lugar mais impróprio para receber os parabéns e um convite para jantar. Só sei que meu bucho gargalhou, que não consegui conter os dentes dentro da boca. Balancei a cabeça que sim e joguei a primeira pá de terra.

Chego em casa para tirar a terra e Leo ainda estava lá, na lida. Água para todo lado, as cadeiras em cima da mesa. O rádio ligado no doze. Ela descalça, com um nó na barra da saia, esfregando o chão, cantando e balançando as ancas:

— Como é que pode tanta sujeira, homem? Você não limpa esse barraco?

Ela ia era pagar a conta da enxurrada, onde já se viu essa gastança de água para limpar três cômodos? Ia desbotar o vermelhão do cimento que custei a fazer, reclamei com rabugice. A gente era assim, vivia se espetando, mas no fundo era só nosso jeito sertanejo de chamegar sem perder a casca grossa. Contei para Leo que ia jantar com o padre, que ele tinha feito convite.

— Humm, olha ele! Então, vai tomar banho e pôr camisa limpa, que tá fedendo a defunto - disse, gargalhando. - E ó, usa a ducha aí de fora que já lavei o banheiro.

Mas era só o que faltava, a danada esguichando água para todo lado e dando ordem pela casa.

— Vai, homem! Sei o que estou fazendo, vou deixar esse cafofo um brinco.

Fui saindo apressado, quase escorreguei no sabão. Leo ficou terminando a limpeza, se acabando de rir do meu jeito atrapalhado. Oito em ponto, estava eu nos fundos da paróquia, batendo à porta do padre. Oito e quinze, já havia tomado dois cálices daquele vinhozinho doce que os padres bebericam antes de comer. Oito e trinta, estávamos à mesa:

— Temos canja, espero que goste, Diógenes.

— Claro, padre, uma canjinha esquenta por dentro. Sempre bom.

Fazia o bico para minha primeira colherada quando uma pergunta a devolveu para o prato:

— Prestou atenção ao sermão?

— Sabia que não tinha sido à toa que o senhor me chamou aqui...

— E não foi mesmo. Queria te oferecer esta sopa e falar com você, isso não é coisa à toa.

— Olha, padre, eu prestei atenção, sim, mas confesso que pouco entendi. Aquela história de vazio sem ser vazio que enche vazio... Não é muito vazio?!

— Pois soube de seu aniversário mais cedo e disse tudo aquilo pensando em você, Diógenes. Você é o maior exemplo desse esvaziamento.

— Eu, padre? O senhor me desculpe, mas é um pouco estranho ganhar de presente de aniversário um discurso fúnebre.

— Acha mesmo, meu filho? Olhe, minha intenção não era ofender, só quis homenageá-lo. Você já viu tantas despedidas como a de hoje, já deve ter refletido muito sobre morte e vida, sobre o que a gente deixa e carrega daqui.

— Na verdade, não, padre. Parei de prestar atenção na morte faz tempo. Vou é tocando a minha vida besta. Sou só o cara que guarda o que sobrou. Mas acho que o senhor está falando é de caridade, não é? De ajudar os outros. O senhor está querendo que eu faça algum serviço aqui para a paróquia? Pode dizer...

— Não é nada disso, filho. Estou tentando fazer com que perceba exatamente o contrário. Você vive a servir. Faz um trabalho difícil, que ninguém quer fazer. Tem uma grandeza nisso, mas eu queria saber o que tem feito por você. A doação é um negócio sublime, sabe, mas também é preciso saber usar as horas e os dias que temos, a vida que vivemos neste mundo.

— Como assim, usar bem as horas?

— Você é feliz, meu filho?

— Assim, assim, padre. No susto é difícil dizer.

— Do que é que você gosta?

— Eu? Gosto de dormir, comer, tomar umazinha com Geraldo, dar umazinha com a Leontina... Hehe... Perdão pela brincadeira de mau gosto, padre.

— Está vendo, homem, tirando a caninha com Geraldo, você fala de necessidades. Isso é satisfação, homem. Tem alguma coisa que chama a pessoa, que convoca...

— Ah, padre, desculpe interromper, mas é que o senhor falando agora, lembrei de uma coisa muito estranha que aconteceu comigo hoje de manhã. O senhor sabe, tenho esse ofício desde menino. O pai se foi antes de fazer a idade que completo agora e nunca mais tive notícias dele. Não sou medroso, mas é que hoje ouvi.

— Ouviu o quê?! Quer dizer que ouviu vozes?

— É, enquanto aqueles dois me cantavam parabéns, parecia que tinha alguém falando comigo uma coisa atravessada que eu não entendia. Prestei muita atenção para tentar entender, parecia alguém perguntando: "E agora?".

— E agora o quê?

— É isso. Isso que eu não sei, padre. Parecia um sussurro, mas não tinha som. Era uma pergunta que eu ouvia dentro da minha cabeça. Sei que ninguém mais ouvia porque eu perguntei depois para o Geraldo e ele falou que eu já estava era caducando. Será que depois de tanto tempo, eu, este porteiro velho do pra sempre, vou começar a dar ouvidos a assombração?

— Improvável. Se ninguém mais ouvia... Essa voz, certamente, era sua. Aceita pudim?

— Obrigado. Minha voz, padre? Mas eu disse que escutei, não que falei...

— Talvez seja um sussurro desse chamado de que lhe falava. Uma vocação a preencher seus pensamentos. Mas, olha, não se incomode muito com isso. Vá para casa e aproveite o restinho do seu dia, descanse. Não deixe de agradecer ao Senhor pelo seu dia, pela sua vida. Os aniversários não são apenas para celebrarmos, podem ser uma chance para refletir sobre como conduzimos nossas vidas, se experimentamos o corpo com alegria, aproveitando a sorte de ainda estarmos aqui. Se por um lado os aniversários nos aproximam do fim, por outro, renovam o prazer de ter um corpo. Inauguramos um outro começo para sermos o que, por algum motivo, ainda não fomos. Parabéns, Diógenes. Vá em paz, meu filho, e seja feliz!

Voltei pelas ruas escuras do cemitério, procurando a luz entre as palmeiras, me esquivando das baratas. De longe, vi que as lâmpadas de casa estavam acesas. Leontina tinha saído e esqueceu de apagar? Gostava tanto daquele padre. Não entendia muita coisa dos sermões, mas quando falava direto com a gente, falava simples e ainda assim eram bonitas as palavras. Queria que aqueles patetas estivessem em casa para beber mais uns goles e falar umas bestagens... Umas boas risadas cairiam bem no fim desse dia.

Passei meio ressabiado ao lado das tumbas, fiz questão de cantarolar uma melodia boba para não ouvir nem cochicho, mas as palavras ainda ressoavam no fundo da minha mente. E agora? Agora que eu estava ficando velho? Agora que cheguei à idade que meu pai deixou essa terra? Agora o quê, gente?! Não sei. Será que a cabeça de vento da Leontina tinha mesmo saído e deixado a lâmpada ligada ou será que me esperava para assuntar do jantar? Bem que podia ter falado para ela ficar. Bem que podia falar mais: fica Leo, dorme aqui hoje. Matuto danado, as palavras não saem. Leo é uma mulher tão boa. Tanto tempo a gente se conhece e se embola. Gosto de conversar com ela, gosto dela mexendo nas minhas roupas, me dando ordem e rebolando pela casa, feito fosse a casa dela. Ela mora tão longe e está sempre aqui cuidando... Eu nunca nem pergunto se está precisando de alguma coisa por lá. Podia viver mais perto, para a gente passar mais tempo junto...

Estava nisso quando uma chama azul saindo do chão logo adiante me fez parar. Fazia um tempo que não via isso. É um negócio meio assombroso. Senti um estalo no corpo todo. E agora? Meu Deus do céu! Será?! De repente, as palavras do padre começavam a fazer sentido. Aproveitar a vida. Aproveitar os dias. Não é que era isso o que eu queria, passar mais tempo com a Leo? Ficar com ela todos os dias? Era isso. Apertei o passo para chegar depressa em casa.

Em cima do sofá, encontrei minhas duas camisas passadas. Sobre a mesa manca, uma garrafa sem rótulo com uma margarida solitária. Em minha cama, enrolada na toalha de banho, Leontina dormia. Tateei sem tocar a barriga gorda de suas batatas da perna, sentindo a penugem dourada em sua pele. Será que sonhava com as sobras da janta que eu não trazia? Certamente tinha o estômago oco. Senti de longe seus cabelos úmidos e me deitei ao seu lado. Cochichei no pé do seu ouvido: fica comigo, Leo.

E foram nossas, dali em diante, todas as noites e sussurros.

~~Querido~~ diário,

Acordei na casa da Mariana. Melhor que acordar na Renata. Acordar na Renata é desaparecer. Vem uma força que me expulsa do círculo perfeitinho daquela família de quatro. Lá, abro o olho na sala de TV onde a gente dorme, vejo a Renata com a boca aberta no travesseiro, o cabelão preso com elástico, as orelhas abertas, que ela pretende grudar na cabeça quando fizer dez anos e puder fazer a cirurgia. A casa silenciosa. É preciso esperar que ela acorde para eu me levantar e ela sempre demora uma eternidade. Seus pais se levantam na surdina e comentam baixinho os planos para o sábado, enquanto preparam o café: mercado, floricultura, devolver a amiguinha à família, almoço na casa de alguém. Escuto o ensaio e perco meu corpo na cama improvisada, sentindo um misto de inveja, terror e náusea.

Na Mariana, não. Na Mariana tudo é muito raro. Seu pai grande, com voz de trovão e olhos claros, veste sempre uma camisa xadrez e cintos de fivela oval que parece mais uma bandeja pendurada no cós da calça de tão enorme. Usa aqueles óculos Ray-Ban e botas com esporas, porque tem uma chacrinha aqui perto e galopa pelas alamedas da cidade. A mãe dela, Gladys, está sempre maquiada, parece que vive num palco. Também usa botas, mas as suas são chiquérrimas de couro e de cano alto. Ai, ai, as botas de Gladys! Tem uma coleção: marrom, preta, cinza, uma para cada *look*, cada *vibe*. Olho para ela e penso que um dia serei uma mulher e terei ao menos um par de botas como aquelas. Abrir os olhos na casa da Mariana é divertido, meio como se acordasse no meio de um filme. Tudo é tão distante da minha vida, tão exagerado. Parece que são felizes atuando uns para os outros, sinto que não assimilo tudo o que vejo. Se a casa deles é um jazz, a da Renata é previsível como uma sonata.

A mãe da Rê, Eloísa, é super séria. Ela trabalha na Caixa, tem um fusca marrom, que dirige para o trabalho. Tem uma pessoa que cuida da casa e das meninas todos os dias. Eloísa deixa a gente brincar de loja no seu quarto. A gente põe seu guarda-roupa abaixo, enfia tudo dentro de saquinhos plásticos para montar nossa vitrine. Uma é cliente, a outra, dona da butique, depois troca. Temos que guardar tudo até às 17h, que é quando a mãe da Rê chega. A gente paga e recebe com os talões de cheque que a Eloísa traz do banco para a gente brincar, com a condição de arrancarmos o nome do correntista e de não destacarmos as folhas do talão. Às vezes, a Eloísa fica meio receosa com essa brincadeira, mas deixa.

O pai da Rê trabalha na Faber-Castell. É bem gentil e divertido. Fala baixo e está sempre cuidando da Adriana, a irmã menor. A gente só brinca lá na casa dela, porque ela tem todos os brinquedos do mundo. Não só as Barbies, mas a casa, o carro e o cara também. Eu encho um saco azul de lixo bem grande com as minhas tralhas e me mando para lá depois do almoço. Lá, o almoço de todos os dias é frango empanado, arroz e batata frita. Renata não come nem tomate, acho o cúmulo. Mas não ia reclamar de comer batata frita todos os dias. Aposto que minhas irmãs também não. Tudo o que na minha vida é sem resposta e sem rumo, na casa da Renata foi pensado, planejado e está em perfeita execução. Não dá para abrir os olhos lá na sala de TV sem sentir o nó do vazio por dentro. Algo que não sei descrever e que só sinto lá. Sempre quero dormir na casa dela, só que toda vez que acordo lá é como se tivessem me arrancado, não uma parte, mas eu mesma de um lugar meu. Fico meio arrependida, porque é um desamparo brutal, como se não houvesse para onde voltar. Não quero ser a Renata, ter os pais dela, a casa dela, a comida dela. Queria só uma luz que não fosse um tambor, como estava no poema que a professora de espanhol levou essa semana.

Diferente da mãe da Renata, que é um doce de tia, a mãe da Mariana fala com a gente sem muita ternura, como se a gente desse trabalho só por existir. Vai ver damos mesmo. Ontem, íamos começar a brincadeira quando ela chamou: ô, Má, antes de vocês armarem o circo aí, não querem ir lá para a chácara? Seu pai tá indo. Hoje é sábado, dia que a família da Mariana vai para o sítio. Não gosto de ir para lá, já me cortei no arame farpado, tenho medo de subir em cavalo, é um lugar meio feioso e sem nada para fazer. Não gosto. Pedi para minha mãe me buscar mais cedo, porque eles iriam para lá. Além disso, eu tinha ensaio do balé e não queria faltar por nada.

O balé é uma casa para mim. Na aula, por mais que eu erre, não me incomodo. Sempre começo de novo, não me canso de tentar. Minha professora, Antônia, é fabulosa de linda. Nunca sei se é como na escola, mas também a chamo de tia. Tão magra que seus ossinhos ficam visíveis, tem a saboneteira mais funda que já vi. Os braços compriiiiidos, parece que vão tocar a Lua quando ela demonstra os exercícios. No começo da aula, faço tudo para me sentar ao lado dela no círculo. É quando vejo de perto as pintas na sua pele branquíssima, o pescoço longo, o coque com seus cabelos finos bem apertados no alto da cabeça e o *collant* preto, combinando com a sapatilha. Diferente do nosso uniforme rosa apagadinho, ela está sempre de preto e, às vezes, usa uma saia colorida. Quando for uma mulher, quero dançar com um collant preto, igual ao da tia.

Nessa hora, sinto o cheiro do sabonete que ela usou no banho recém-tomado para vir para a aula nos ensinar *pliés* e *grand jetés*. Hoje, não resisti. Ao puxar as pernas para fazer a borboleta, senti o cheiro da sua pele limpa e perguntei: é Lux, não é, tia? O quê??, ela me devolveu sem compreender. O sabonete que você usa é Lux Luxo, não é? Penso que foi dos primeiros grandes constrangimentos da minha vida. Ela estava no meio dos avisos, falando da apresentação de fim de ano, um papo seríssimo sobre figurinos para repassar às mães, e eu mando essa de: é Lux Luxo? Antônia me olhou sem entender e perguntou do que eu estava falando. O sabonete que você usa é Lux Luxo do rosa, não é? Reconheci o cheiro. Ela, ainda com uma cara meio assustada e retorcida que só, respondeu: sei lá! E, num gesto de "não me torra", com sua mão suave de bailarina, fez a turma toda cair no riso. Meu cristalzão partiu ali.

Voltei para casa amuada. Nem peguei meu picolé preferido enquanto esperava por minha mãe. Ela quis saber se estava tudo bem. Estava, sim. E pedi para sair do balé. Mas por quê? Você gosta tanto! Aconteceu alguma coisa? Nada, só quero sair.

Mal chegamos em casa, minha mãe começou a empanar berinjelas. Corri para o quintal e fiquei mexendo com as minhas fantasias, tentando desaparecer e torcendo para que não se lembrassem de mim. Fui até o muro do fundo e vi pelo buraco que uma menina pequena brincava com bacias de plástico e uma boneca velha e encardida. Virava de uma bacia para outra uma água enlameada, cheia de pedrinhas. Colocava as pedras na bacia e derramava no terreiro. Chamei a menininha que só ficou me olhando de onde estava, sem se aproximar. Mais longe ainda, uma mulher cuidava da roupa no varal. Era uma mulher gorda, tinha um olho na pequena e outro no serviço. Viu que ela estava quieta, prestando atenção na transferência que fazia de uma bacia para outra, e me notou chamá-la pelo buraco do muro. Do lado de cá, minhas irmãs também se aproximaram. A mulher, vendo nós três ali com as caras no buraco, ficou feliz com o contato das vizinhas e incentivou a pequena a ir falar com a gente.

Nossa casa é mais alta, o buraco não tem a mesma altura dos dois lados do muro. A menina pequena ficou na ponta dos pés e enfiou a mãozinha na caçapa, como orientei que fizesse. Belisquei sem dó. Ela chorou. Esgoelou. A mulher viu tudo de longe e nunca mais parou de me xingar. Eu vi! Eu vi o que você fez. Menina ruim! Claro que me mijei toda. Achei que ela fosse bater lá em casa e falar para a minha mãe. Achei que fosse apanhar. A mulher berrava e amaldiçoava a gente ruim do outro lado do muro até as gerações desconhecidas.

Minhas irmãs sumiram e eu corri para dentro de casa. Minha mãe já me gritava por outro motivo. Tinha começado a fritar as berinjelas e o óleo acabou. Apagou as panelas e me chamou para ir com ela na vizinha do lado, buscar mais um pouco. Vem comigo para ver se a Dona Cleusa não me enrola tanto, ela começa e não para. Se ela desatar a falar, você me chama para ir embora e lembra que o seu pai está chegando do serviço. Acho que minha mãe não ouviu a gritaria da mulher nos fundos, ainda bem. Trêmula, fechei a porta da área de serviço para isolar os gritos raivosos da outra que queria me esfolar viva e saí pela frente com a minha mãe comentando que o povo lá do fundo era barraqueiro demais.

Batemos na casa da Dona Cleusa, nossa vizinha do lado direito. Lá tem sempre tanta gente. Uma família grande, um entra e sai todo dia. A gente nunca sabe quem mora e quem está só de passagem. É uma loucura, mas é animado. Dona Cleusa é boazinha, nos pôs para dentro já oferecendo um pedaço do bolo que tinha acabado de desenformar, e começou a mostrar os panos de prato horrendos que ela mesma pinta. Aceitei um pedaço, minha mãe me fulminou com o olhar e pediu a xícara de óleo que precisava para terminar a fritura. Estava apressada mesmo, porque estava cansada e ia atrasar a janta. Mas a boa senhora era determinada e não nos deixaria sair tão fácil dali. Foi buscar a gordura e, enquanto isso, chegaram outras senhoras que conversavam superanimadas, e ficaram ainda mais empolgadas por nos verem ali. Eram as irmãs da Dona Cleusa, e falavam do casamento da sobrinha, a Isabel, motivo pelo qual estavam hospedadas ali.

Dona Cleusa também se animou e quis mostrar o enxoval. Minha mãe e eu fomos arrastadas pelas mulheres para um quarto onde eu nunca tinha entrado. Quando a porta se abriu, Dona Cleusa se virou para nós, puxando a porta atrás de si. Ela me encarou e, quase se arrependendo do gesto, disse que ia abrir, mas que aquele era o quarto das bonecas e ninguém podia tocá-las. Está bem, minha filha?, ela perguntou, fixando os olhos em mim. Não pode mexer nas bonecas. São preciosidades e precisam ficar inteirinhas para Cíntia.

Ah, sim, concordam as senhoras, o quarto das bonecas. Já ia perguntar o que significava aquilo, quando acenderam a luz. Nunca vi nada mais chocante. Praticamente todas as paredes com prateleiras de cima a baixo coalhadas com bonecas velhas e feias. Não havia beleza nenhuma naqueles cacarecos carcomidos. Apesar do zelo com algumas roupas, que certamente foram trocadas, a maioria estava puída. A porcelana dos rostos, trincada; os olhos, quando havia, esbranquiçados; e os cabelos, esbagaçados e sem brilho. Como podia ser um tesouro aquelas bonecas assustadoras? Aquilo parecia um mausoléu infantil. Bonecas de porcelana empoeiradas, bonecas de plástico, de pano. Algumas pareciam levar umas joias, todas como que saídas do lixo. Dona Cleusa achou que eu ia pedir para tocar aquelas coisas, mas eu só queria sair logo dali.

Aquele era o quarto de Isabel, a filha que ia se casar. Todas aquelas bonecas eram dela. Não tinham sido presente de aniversário, nem de Natal, nem serviam para brincar, mas para treinar o cuidado. Bonecas são tesouros, legados que passam de geração em geração. As filhas e sobrinhas herdam as bonecas das tias, madrinhas e avós e têm o dever de zelar por esse patrimônio e transmiti-lo. As bonecas sobrevivem às meninas. Quando se casam, têm de entregar o tesouro às mocinhas da família. É assim, um rito com que se despedem da infância. Por isso, não se pode tocar nas bonecas sem propósito e devoção. Para estarem sempre bem cuidadas, deve-se tocá-las com as mãos asseadas, limpá-las, penteá-las e vesti-las. As bonecas precisam ser preservadas para quem for recebê-las, esse é um trabalho que toda menina deve aprender. Olha essa, espia o capricho! O caseado da roupinha. Aqui, essa era da vovó, lembra, Luzia? Mamãe nunca deixou a gente pôr a mão nela. Agora, a Bebel vai entregar tudo para a

Cíntia, como deve ser com uma herança de família. Como é que é? Ninguém nunca brincou com essas bonecas?! Nunca, minha filha. A gente só podia admirar de longe, na prateleira. Uma vez no ano, fazíamos a limpeza sob o olhar vigilante da mamãe. Mas isso é um absur... Minha mãe me beliscou doído na carninha pouca da cintura, levando rápido o dedo em riste na frente da boca, em sinal para eu me calar. Eu olhava para ela cheia de ódio e horror com aquilo que presenciava sem querer. Ela, com sorriso amarelo e a xícara na mão, fingia costume diante da bizarrice.

O enxoval estava dentro de uma arca, única peça no quarto, além de uma caminha de solteiro forrada com uma colcha cor-de-rosa. Minha mãe entendeu que aquilo não ia ter fim. Se deixasse as velhas abrirem a arca, nunca mais sairíamos de lá. Quando ela disse que precisava terminar o jantar, eu, que só queria sair correndo dali, emendei que era melhor mesmo irmos andando, porque meu pai ia ficar uma fera se chegasse e a comida não estivesse pronta. Sabia que aquelas bonecas pavorosas ficariam na minha cabeça, sem me deixar dormir.

Desculpe, Dona Cleusa, disse minha mãe, depois a gente vem com calma olhar o enxoval, deve ter cada coisa linda. Tentava remendar a nossa súbita saída. Obrigada pelo óleo, mais tarde as meninas trazem a xícara.

Ao sairmos do quarto, no tumulto das senhoras já sem o domínio de suas ancas, alguém esbarrou numa boneca caquética que se espatifou no chão. Desfez-se como uma múmia e os cacos calaram o alvoroço. Foi o maior climão. Dona Cleusa levou a mão na cabeça desesperada, parecia o fim do mundo. Descia a mão pela cara agitada e chorava e gritava. É mau agouro, Luzia, é mau agouro para minha família. Sabia que não devia ter aberto esse quarto, minha Nossa Senhora!

Fomos saindo depressa. A irmã mais velha de Dona Cleusa abriu a porta para nós. Não há de ser nada, a Cleusa fica nervosa. Ainda bem que não fomos nós, falei para minha mãe no caminho. À mesa, minha mãe explicou essa tradição antiga das bonecas, que ela imaginava extinta. O susto foi passando à medida que contávamos e todos riam da cena grotesca na casa da vizinha. Minhas irmãs acharam especialmente engraçado o beliscão que levei. Por pouco, a mais nova não dá com a língua nos dentes e conta o que eu havia aprontado mais cedo com a menina do muro. Meu pai riu foi da parte em que mentimos em seu nome, me arremedava e soltava uma risada que parecia um ronco de urso.

Fomos nos deitar cedo para um sábado, eu e as meninas. Demorei a dormir porque, como previsto, não consegui esquecer a cara das bonecas horrendas. Fiquei repassando as cenas do dia e voltando a cada sensação: amanhecer na casa da Rê, com aquele nó no estômago de me sentir intrusa e, ao mesmo tempo, pensar na minha casa e não querer voltar; a humilhação no ensaio do balé, a vontade de nunca mais pisar lá; a culpa pelo beliscão gratuito que dei na menininha do muro; e a bizarrice do quarto das bonecas... Tinha algo de macabro naquela feiura toda. Bonecas que não são para brincar é uma coisa que não entra na minha cabeça. Ouvi os cachorros uivando, cobri e contraí o corpo como de costume. Mau agouro, isso não me lembrei de perguntar o que era. O que aquilo quereria dizer? Foi tudo tão esquisito... Antes de adormecer, ainda me lembrei das risadas no jantar. Naquele momento, em que comíamos e ríamos juntos, estava em casa e nada no mundo, nem ninguém, poderia dizer que aquela, precisamente aquela, não fosse minha família.

No meio da noite, ouvi as sirenes bem altas na nossa rua. Bateram à nossa porta. Ouvi os passos apressados do meu pai para atender e depois sair. Sabia que estava quase amanhecendo, mas escuro ainda. Fui até a porta do quarto, de fininho, e encontrei com meu pai no corredor. Pai? O que que tá acontecendo? Volta para a cama, Diana. Disse sério, apontando para o quarto com a cabeça. Voltei. Fiquei quieta na cama, esperando clarear ou mais alguém acordar. É interminável isso de esperar os outros acordarem. É um tempo suspenso, a gente tem de segurar sozinha o peso que todos deviam segurar juntos. Minhas irmãs capotadas nem se mexiam. Senti uma coisa parecida com a sensação de amanhecer na casa da Renata, agora na minha própria cama. Aquela náusea que me revira e aperta, a sensação de faltar o corpo e não estar protegida. Medo de perder tudo para a noite.

De tanto ficar ali, acabei dormindo de novo. Cedo, soubemos que a casa de Dona Cleusa havia pegado fogo. O filho chegou de madrugada bêbado, achou a porta aberta do quarto das bonecas e se deitou na caminha cor-de-rosa. Parece que acendeu um cigarro e dormiu. A velha vizinha está viva, não perdeu a casa porque conseguiram controlar o fogo. A labareda levou seu filho e a herança casamenteira da Isabel. Na minha casa, tudo parecia estar em seu devido lugar. A náusea tinha passado e eu cabia inteirinha dentro de mim, o que só durava um instante. O tempo de me lembrar que eu vinha dali e não havia escapatória.

À mesa, reunidos outra vez, entendi o que queria dizer "mau agouro".

Broto

Abria a farmácia às oito, mas a verdade é que antes do dia raiar já estava a postos: limpo e aquecido pelo pulôver de lã que a mãe fez para mim, sapatos engraxados, café coado. Enquanto eu destrancava o portão lateral, estimava a idade do moleque da esquina pelo tanto de pé que sobrava da coberta, cada vez mais exposto. Fazia parte do meu ritual diário olhar aquele pezão crescido e encarar seu reflexo na porta de vidro. Questão de tempo para se tornar definitivo. Não saberia dizer com segurança há quantos anos, naquele mesmo horário, me deparava com esse raciocínio.

Destravava a porta, punha a pasta sobre o balcão e dava início ao trabalho que só eu podia fazer. Sim, tinha comigo essa inabalável opinião de que, se uma coisa tinha de sair bem-feita, melhor que eu mesmo fizesse.

A cidade se expandiu, o bairro mudou, a clientela ficou mais enjoada. Tive que ampliar a farmácia e, muito a contragosto, contratar uma funcionária. Glória era estudante de Nutrição. Fazia quatro meses que estava no período de aprendizado e adaptação no emprego, mas ainda se limitava a me assistir trabalhar. Não porque ela quisesse, mas porque era tudo o que eu permitia. Todos os dias ela arrumava as prateleiras do estoque e repassávamos a ordem exata de cada droga, mostrava-lhe as bulas e comentava as necessidades de cada cliente fiel. Em último caso, geralmente quando me encontrava duplamente atarefado, é que Glória tomava a iniciativa de perguntar a um cliente na fila: Posso ajudar? Eu a observava de longe, um olho na receita, outro na funcionária que localizava prontamente a medicação e dizia o valor exato dos frascos, incluindo os centavos, sem consultar a tabela. Esperta e determinada, por mais que eu recusasse sua ajuda e a afastasse do balcão, a moça se esgueirava para a fila como quem joga conversa fora e cativava a clientela dando receitinhas nutritivas e arrematando uma venda inesperada.

Eu, vendo isso, comecei a ceder um cliente ou outro para Glória. A primeira vez aconteceu em meio ao atendimento de Dona Aurora, a hipocondríaca da rua de baixo, cujo sintoma nosso empreendimento alimentava com os melhores laboratórios. Enquanto ouvia atentamente sobre os espasmos e as cefaleias da noite anterior, Glória liquidou prontamente cinco ou seis vultosas vendas de outros clientes, após as quais me prestou contas sem vacilar e ainda passou uma receita de sopa de abóbora facílima para a Dona Aurora. Já começava a confiar em Glória e passei a observá-la galgando a escada prateleira acima para apanhar um vidro qualquer enquanto eu exibia sorrisos simpáticos às clientes bem-apanhadas.

Cansado desse cenário, às vezes eu deixava o balcão, baixava a cabeça e segurava um pulso com a mão atrás das costas, caminhando de um lado a outro na frente da farmácia. Mantinha sempre um olho na avenida e outro no balcão, porque aprendi com meu avô que o olho do dono é que engorda o gado. Vez ou outra levantava a cabeça e me deparava com a paisagem corrompida da rua. Sem muita determinação, desviava os olhos para a esquina e constatava a presença do pivete que pedia. Baixava o olhar, conferia os botões, batia a poeira do jaleco e o ajeitava no corpo. Nenhuma construção daquela rua transformada num canteiro de obras maculava a dignidade alvejada da minha roupa, nem diminuía o peso do balcão inteiriço de aroeira que há mais de quinze anos meu pai incrustou ali.

Passei a sair para o almoço e só retornava no meio da tarde. Tinham inaugurado um shopping na outra esquina e eu gostava de almoçar em um restaurante sírio que havia por lá e pegar a primeira sessão de cinema da tarde. É claro que não dizia isso à Glória. Antes de sair, tomava a pasta de couro com boletos embaixo do braço e falava que passaria no banco ou me reuniria com representantes dos laboratórios. Bom almoço, chefe. Vai pela sombra!, dizia Glória olhando de rabo de olho. Tornou-se rotina, uma vez por semana eu saía às onze e meia e retornava apenas para baixar as portas do estabelecimento. Foi numa dessas tardes que ela atendeu Bonifácio. Um moço bem-apessoado que, segundo minha funcionária, parecia um galã de novela. Não fosse a fraqueza das febres terçãs, provavelmente não estaria solteiro, dando sopa por aí. Era isso que Glória pensava enquanto o atendia e o ouvia contar que vinha do Norte, onde trabalhava com garimpo, e que depois de muitas febres decidira voltar para recomeçar a vida.

Bonifácio tinha o sonho de comprar um caminhão e ganhar o mundo na boleia, rodar pela América todinha. Glória achou aquilo um despropósito e debochou de como ele falava da própria vida. Então não pensava em sentar praça, ter uma casinha com quintal, descansar nos fins de semana com a esposa e os filhos? Aquilo era muito inesperado. Pela primeira vez em tantas que foi à farmácia buscar seus medicamentos, Bonifácio prestou atenção na atendente. Antes, ele só enxergava a moça educada com quem gostava de brincar. Depois daquele dia, passou a chegar mais cedo e ficar na praça. Sentava-se no banco, debaixo da mangueira, e ficava a observá-la de longe e a considerar o raciocínio organizado pela balconista simpática, de vestido sempre engomado e arcada protuberante. Bonifácio reunia os meninos da praça e lhes comprava picolés. Toda vez que chegava, eles o cercavam e ficavam ali ouvindo histórias e atirando chinelos nas mangas até o expediente da farmácia terminar. Glória o via esperar e me cutucava, mostrando a cena, ficava encantada com o seu galã. Vez ou outra eu me juntava ao grupo para uma rodada de picolé e voltava com um de cajá que Bonifácio mandava para Glória. Pareceu-me que apetecia ao homem a boa vida que a moça podia lhe proporcionar, embora não fosse nada condizente com seu ímpeto de aventuras.

Podia ter uma coisa e outra?, talvez se perguntasse Bonifácio no dia que se casaram e além. Ele era dessas figuras engenhosas, que se agarram com muita fé em seus delírios. Glória, metódica e determinada, fez daqui e dali até que o dia chegasse. Ela o convenceu de que não precisavam de muito, que o que ela ganhava dava para alugarem uma casinha distante, almoçarem e jantarem até que ele se arranjasse. Bonifácio foi relutante com isso de mulher sua trabalhando. Os cálculos dele eram de outra ordem. Eram os cálculos cabalísticos que fazia semanalmente antes da aposta lotérica. Bonifácio sonhava alto, tão alto que às vezes caía. Gostava de descrever a cena descabida em que seriam felizes. Aí sim: ele compraria um iate que teria uma cabine só para ela, cheia de frascos caros de perfumes franceses e champanhe. Eles poderiam viver em uma fazenda de muitos alqueires, cortada pelo rio, onde iriam pescar e fazer palavras cruzadas sob a luz da Lua.

Bonifácio disse que se casava, mas que para isso ela teria de largar o emprego e cuidar só da casa e dos filhos que viriam. Glória se viu nesse impasse: queria mais que tudo desposar seu James Dean, mas o emprego ela não largava, não. Para isso, acudiu a mim que, a essa altura, já estava para lá de dependente de seus serviços. Imagina se ia querer voltar para trás do balcão e perder minhas tardes livres de quarta-feira. Imagina se confiaria em outra pessoa para cuidar da minha clientela e do meu estabelecimento. Imagina! Disse a ela que se acalmasse, que eu mesmo falaria com seu noivo. Teria uma conversa de homem para homem e tudo se arranjaria. Imagina se ele não afina, Glória, imagina! Disse ainda que fazia muito gosto daquela união e aceitava ser padrinho de casamento, desde que Bonifácio não levasse embora sua melhor balconista. A única, seu Baltazar. A única!

Glória não se fez de rogada. Aceitou prontamente minha ajuda para lidar com a intransigência do futuro marido. No acordo de cavalheiros, assenti que Glória chegasse um pouco mais tarde pela manhã e que saísse às cinco para que estivesse em casa a tempo de preparar o jantar. Isso enquanto não viessem os filhos, depois deles, apenas meio período, seu Baltazar, meio período. Ainda os ajudei a encontrar um apartamento para alugar nas proximidades do bairro. Não era novo o imóvel, seria preciso subir três lances de escadas, mas para o começo, servia. Casaram-se e Bonifácio foi trabalhar na serralheria.

O perrengue era que Bonifácio odiava viver no apartamento. Parecia um bicho enjaulado, dizia Glória. Quando não estava trabalhando, andava de um lado para o outro, quase fazendo um buraco no chão. Foi ficando um sujeito intratável. Ela, muito paciente, arrumava, cuidava da casa e das plantas, costurava a roupa de Bonifácio e dos meninos, tricotava nos fins de semana e, com a ajuda do marido, fez até uma hortinha no canteiro do condomínio. Imagina se as vizinhas não amaram a novidade. Glória era ótima na cozinha, sempre incluía hortaliças nas refeições e, assim, melhorava os hábitos alimentares do marido, aplicando-o no molhinho verde de chuchu e abobrinha. Cuidou das febres de Bonifácio até que estivesse reabilitado e pudesse retomar o trabalho pesado.

Quando vieram os meninos, cumpri com a palavra e ela continuou trabalhando na farmácia, mas só por meio período. Com o tempo, fui convencido a contratar um aprendiz, que ela mesma treinaria. Relutei, mas cedi e ainda acabei promovendo Glória a gerente. A essa altura, Bonifácio é que já não suportava mais. A vida na cidade o consumia e, quando precisava ficar em casa, oscilava entre fera amuada e brava. Havia dias em que bebia e quebrava tudo em casa, descontava nos meninos e é claro que culpava a mulher por toda sua amargura. Foi assim até decidir zarpar. Contraiu um empréstimo no banco sem falar com Glória, comprou seu próprio caminhão e caiu na estrada levando cargas de Norte a Sul do país.

Bonifácio passava meses sem dar notícias. Dizem que mexeu com terra, perdeu colheita, depois foi para o Norte mexer com garimpo, viveu sua aventura andarilha. Aparecia após meses, sem avisar, como se nada tivesse mudado. Por vezes chegava mais alegre, outras cabisbaixo. Às vezes, trazendo algum dinheiro; outras tantas, apenas os trapos e uns amigos que fazia pelo caminho. Glória odiava quando isso acontecia: estava já com a comida quase pronta e Bonifácio vinha, trazendo amigos e pedindo um tira-gosto para petiscar com a pinga. Mas a mulher era tão apaixonada que dava seu jeito. Mesmo contrariada com a falta de consideração, ficava feliz com a chegada do marido e se virava para atender o capricho, improvisando bolinhos de milho, torresmo e salada de pepino. Bonifácio nunca falava sobre o que se passava enquanto estava fora, ao menos não com Glória. Ele era um sonhador incorrigível. Estava sempre matutando um plano mirabolante que, por um passe de mágica, fizesse dele um homem rico.

Glória seguia sólida e um pouco amargurada com a lida solitária de casa, trabalho e filhos. Porém, o fato de não se fiar e não embarcar nas furadas do marido não era motivo suficiente para pensar em desmanchar o casamento. Com ela, não tinha moleza, todos ajudavam com a casa, com as roupas, faziam a feira e a comida. Era rigorosa com o estudo dos filhos e, como boa capricorniana, tinha os gastos todos na ponta do lápis. A única aposta de Glória era no homem caprichoso e indômito com quem fez um lar. Dele, ela não abria mão. Iam assim, aos trancos e barrancos, até o dia em que a família recebeu um telefonema. Jorge, o filho do meio foi quem atendeu, porque a mãe estava no trabalho. Anotou bem o recado, apesar do choque ao ouvir que o pai havia infartado. Aconteceu na estrada, enquanto dirigia. A carreta tombou, sorte que não estava carregada e que acudiram rápido, levando Bonifácio ao hospital mais próximo. Nessa mesma madrugada, Glória conseguiu chegar ao hospital na cidade que haviam informado para o menino.

Bonifácio parecia bem. Bastante abatido, mas falava e se desculpava por coisas que ela nem entendia. Glória achou que era uma confusão mental por conta dos remédios. Na mesma frase em que perguntava pelas crianças, o marido falava da morte como um apontamento na agenda, um compromisso certo. Falava sem medo, com uma naturalidade obsessiva de quem bordejou o outro lado. Ele também dava instruções de como queria que ela procedesse quando ele partisse. Voltou a pedir, como fizera tantas vezes, para ser enterrado debaixo da mangueira da praça, em frente à farmácia onde se conheceram. Não deixe que me levem para o cemitério, Glória! Faça o que precisar, cave você mesma minha cova, embaixo daquela árvore. Promete?! É claro que a mulher não discutiu. Ela quase nunca o contestava, não seria agora. Assentiu, cúmplice, com a resignação que se concede aos amantes e aos loucos, como ela sempre procedia com ele.

Voltaram a casa e a vida seguiu seu curso. Bonifácio melhorou, mas a marca daquele incidente não ficou apenas em seu peito. Glória e os meninos passaram a conviver com a sombra de um coração roto, uma bomba que podia desarmar a qualquer momento. Por isso, não foi tanta surpresa quando o incidente se repetiu. Dessa vez, o infarto foi mais grave. Precisaram operar-lhe o coração, abrir o esterno para desentupir os gargalos das artérias que impediam o pleno funcionamento do músculo. Agora, Glória estava por perto e podia levá-lo ao hospital, ficar ao seu lado, levar os livros espíritas que ele pediu e as palavras cruzadas. Mesmo no pico da dor, Bonifácio não parecia temer a morte. Seu pavor era com o que se passaria consigo depois dela: a clausura de uma tumba concretada, os vizinhos amontoados. Promete, Glória. Você vai me levar para o pé daquela árvore.

A cirurgia foi bem-sucedida. Após dias entubado, Bonifácio foi para o quarto. Glória e os meninos revezavam-se nos cuidados. Foram dias infernais. O homem teimoso que só Deus. Até eu cheguei a ficar no hospital para Glória descansar. Suportaram tudo com firmeza. Bonifácio só se queixava de dor quando ia escovar os dentes. Essa é a única hora que o peito dói para valer, dizia à esposa. Contudo, não teve remédio. Bonifácio não sobreviveu ao segundo golpe. Passou a noite calmo, conversou um pouco com Glória e a fez jurar que comeriam quiabo quando voltassem para casa. Pediu para ela ligar para seu irmão do Maranhão, conversou com ele por quase uma hora. Falou rapidamente com cada filho, sentindo-se cada vez mais fraco. Antes que desse o último suspiro, olhou pela janela. Voltou-se para a mulher e apontou com a cabeça para o lado de fora.

Glória sabia do que se tratava. A cor de seu homem havia sumido. Entendeu que era o fim e sabia, tanto quanto ele, que jamais a deixariam levá-lo dali. Nem vivo, nem morto. Glória segurou a mão de Bonifácio e sentiu seu peso definitivo. Ao menos foi o que ela me contou, cinco anos depois. Jamais deixaria de cumprir com sua palavra. Estava pronta também. Trancou a porta do quarto, abriu a sacola das linhas e, com sua agulha de tricô, foi desatando um por um os pontos do peito de Bonifácio. Sabia que precisava agir rápido, antes que alguém chegasse e a carne ficasse rija. Deu trabalho, mas ela sabia abrir uma caça como ninguém. Com todo cuidado, Glória retirou o coração vermelho e ainda morno. Embrulhou-o na manta de linha que tecia ali mesmo no hospital e o meteu na sacola. Depois, refez os pontos do peito com a linha vermelha, fechando a caixa oca que há poucos minutos fora seu marido. Desapareceu na madrugada sem que ninguém a visse. Aquela carcaça imóvel não era seu homem. Seu espírito cigano certamente a acompanhava e o que restava de sua carne estava na sacola, vibrante e melado. Era ele quem ela plantaria na praça, bem em frente à farmácia, debaixo da mangueira bicentenária, contando com a ajuda dos meninos que o rodeavam naquelas tardes em que se conheciam.

No dia em que assistimos, absortos, às retroescavadeiras das incorporadoras arrancarem, uma a uma, todas as árvores da pracinha em frente à loja, Glória não suportava mais carregar o segredo e me contou, entre soluços, o que fizera, como achou de cumprir sua promessa. Ali, onde enterrou o coração, sob aquela sombra de mangueira que todo setembro trazia frutos doces, depois que as flores exalavam seu perfume e caíam.

Vende-se laranjinha

Vera não precisa de despertador, o corpo está habituado com o horário. Mesmo assim, achou melhor se precaver e colocar o alarme para não ficar atarantada com tudo o que tinha para fazer. Queria se mover devagar no feriado e estar com o almoço em ordem quando a filha chegasse. Seriam só as duas, mas não abria mão de caprichar na mesa e fazer a mousse de chocolate para comerem com café, depois do franguinho cremoso com pequi, que sua menina adora.

Vera, que nunca levanta descalça, calçou os chinelos lilases bordados com miçanga, plantados na véspera ao lado da cama. Passou a mão nos cabelos grisalhos, agora mais ralos e mais lisos que nunca. Esticou-se e segurou o terço de contas de rosas vermelhas, que ganhou do finado marido e mantém na cabeceira da cama. Trouxe o rosário até o peito e deu um suspiro fundo. Era assim que se lembrava dele todas as manhãs. Guardou o presente, sacou o pequeno terço que fica no gaveteiro, ao lado da cama, e abreviou o ritual. Rezou um pai nosso e as dez ave-marias, completando o pequeno círculo de contas, e foi tomar sua chuveirada para começar o dia. Mesmo morando sozinha, Vera costuma pôr a mesa do café no dia anterior. Deixa a xícara e o prato dispostos sobre o jogo americano, os medicamentos ao lado. Após comer uma fruta, faz um café forte na moka italiana e toma sem adoçar, junto com a fatia de pão integral que ela mesmo prepara no domingo à noite.

Nesse dia, porém, estava tão animada com a visita da filha, que decidiu cozinhar um ovo para comer com o pão e ter mais energia para preparar o almoço. Molhou as plantas e removeu as folhas amareladas. Vestiu-se com um vestido branco de domingo, abotoou a medalhinha dourada da Virgem, apreciando o dia azul pela janela do quarto. Vera viaja pouco, mas tem para si que em nenhuma parte do mundo o céu de abril é mais bonito que o do Centro-Oeste. Um anil que abre o peito e a faz acreditar no presente. Um azul que desempedra e arranca a tristeza. Borrifou a água de rosas que ganhara da filha e lá se foi com a sacola listrada de nylon: primeiro para a missa, depois para a feira.

Ao sair, Vera notou que o capacho que ela havia comprado com a filha no fim de semana passado já não estava mais ali. Sentiu o lado esquerdo ensombrecer um pouco. Olhou para cima e não achou nenhuma nuvem. Céu de abril, Vera, disse com os olhos fechados, apascentando a si mesma e deixando a luz do Espírito Santo entrar. Passou a chave na porta do apartamento térreo e observou os vasos do lado de fora. Os antúrios completamente arruinados. As brácteas que cintilavam, grandes e vermelhas, já não estavam ali. Alguém cortou. Dois passos adiante, os copos de leite estavam no chão, as raízes expostas para fora do vaso, a terra esparramada. Não, não foram os gatos. Dessa vez era impossível desvanecer a sombra. São eles. Vera tonteou e escorou-se no batente.

A boca seca, palpitação, a vista nublada e o caminho difícil do sangue ao coração. Ainda tinha o dia inteiro pela frente. A filha chegaria em algumas horas, seus planos de um domingo feliz. Olhou o relógio, seis e meia. Precisava ser rápida se quisesse chegar a tempo para a missa das sete. Tinha planos de se confessar, mas agora não. A confissão ficava para outro dia, que ela não tinha nenhum arrependimento dos pensamentos insidiosos que lhe salpicavam a cabeça. Fez seus cálculos e achou que seria melhor não mexer nas plantas. Era isso ou renunciar ao seu almoço perfeito com a filha. Vera foi tentando respirar e juntou a terra para o canto do pátio de ardósia com a vassoura. Levantou os vasos e os deixou ali mesmo. Depois pensaria no que fazer.

Seguiu caminhando pela manhã fresca, ouvindo os pássaros. Nem a algazarra das maritacas aliviava seu mau humor. Por mais que tentasse, não conseguia afastar a imagem das folhas torturadas. Estava murcha. Ela sabia exatamente quem eram os autores da atrocidade. Desde que se aposentou e mudou para o condomínio com o marido, Vera aturava o bando de crianças que vinha nos feriados e nas férias para ficar com os avós. O condomínio se enchia de gritos. Que morram, que vão para o diabo que as carregue. Vera gesticulava e sem querer deixava escapar uma palavra enquanto caminhava em direção à igreja, completamente dissuadida de se confessar. Bom dia, Dona Samara, Vera cumprimentava uma vizinha antipática com um sorriso amarelo e a mão tesa no ar, disfarçando sua ira. Essa é uma que hospeda os netos o mês inteiro. Gritam, mas ao menos não são os demônios das plantas. Vai ver que, lá dentro do apartamento dos avós, não podem nada.

Ficam enfastiadas as criaturas, claro. Férias... Cabeças vazias... Mães no trabalho... É nisso que dá. Por que não vão brincar na rodovia?

Vera foi professora por 27 anos. Conhecia a perversidade infantil e podia farejar os meliantes. Sabia muito bem como funcionava: um semestre inteiro contendo a energia, quando se juntam sem mãe, sem pai e sem deveres na casa das avós, querem tocar o terror. Se não havia um quintal com árvores e bichos que os desafiassem, divertiam-se assim mesmo, chocando-se contra as regras, perturbando a paz dos moradores, testando os limites. Todas as férias o mesmo inferno. Mas ela não tinha nada com isso, não. Criou suas filhas, trabalhou muito, ganhou pouco e estava cansada. Tudo o que conseguiu foi dar entrada nesse apartamento na região Norte da cidade e lutava para pagar as prestações, que a inflação fazia subir a cada mês. Uma exorbitância que ela não sabia se conseguiria honrar sem ficar endividada. Sua aposentadoria e a pensão que o marido deixou mal pagavam o condomínio, os medicamentos e o mercado.

A liturgia parecia interminável. Só porque ela precisava passar na feira para comprar os ovos e o milho debulhado para refogar, parece que o padre não parava de tagarelar. A cada vez que Vera ouvia a expressão "corpo de Cristo", lembrava de seus antúrios sacrificados e seu sangue talhava. Como podia receber a Eucaristia com essa bile amargando-lhe a boca? Um sermão enorme desses. O homem do milho vai embora. Vera foi se deslocando para trás, pulou de banco em banco até a última fileira e evitou qualquer contato visual com os outros fiéis. Viu de soslaio que Maria Amélia acenava lá da frente, na certa apontava um lugar ao seu lado. Vera baixou a cabeça e juntou as mãos na frente do peito, para todos os efeitos, rezava. Evitou a comunhão e aproveitou a fila para se esgueirar pela porta lateral, antes que o padre pronunciasse a benção. Vá em paz e que o Senhor vos acompanhe, ouviu já quase no meio da quadra, enquanto apertava o passo para não ter de cumprimentar ninguém e ver se ainda pegava o rapaz do milho na feira.

Pegou. Só quando pagou o milho e meteu os ovos dentro da sacola é que Vera conseguiu agradecer com um meio sorriso. Vera sorria bonito, apesar das sombras. Depois que Marcelo se foi, tornou-se anuviada, mas não a ponto de apagar-se. Agradeceu ao rapaz, desejou bom domingo à sua família e voltou para casa mais animada. No caminho, Vera passou na frente da loja de festas e se lembrou de que, quando se mudaram para o condomínio e ela ainda estava um pouco chorosa com a aposentadoria, o marido a incentivou a fazer laranjinhas para complementar a renda e assegurar a alegria da meninada vizinha. Assim você se ocupa e faz um bem, Veroca. Tudo o que vai volta, meu bem. Faz o bem, que você se sente melhor e ainda entra um dinheirinho para você. Parece que ouvia Marcelo dizer. No impulso, entrou na loja e comprou as essências, os saquinhos, o leite condensado. Ao lado da lojinha tinha a loja de bichos e a ferragista. Lembrou de trocar o ralo da pia da cozinha e aproveitou para pegar uma seringa de veneno que, fazia tempo, queria experimentar contra as baratinhas.

À época, quando Vera seguiu o conselho do marido, não foi exatamente como imaginaram. Ela começou a vender laranjinhas por um preço módico, mas isso acabou com a paz do casal. A cada dez minutos, um grupo de três a cinco crianças tocava sua campainha querendo comprar, pedindo para saber os sabores disponíveis, queixando-se de que não tinha o que elas queriam, confusas com o troco. Marcelo foi ficando irritado com aquela movimentação, arrependeu-se do conselho e pediu que Vera parasse de vender às crianças. Os pirralhos se indignaram e o sossego acabou de vez: não paravam de tocar sua campainha e sair correndo, deixando arruinadas as plantas da professora. Os tapetes de Vera desapareciam e jogavam lixo na porta da sua casa. Um verdadeiro inferno.

Com o tempo, a insegurança financeira e essa falta de sossego impactaram a saúde do casal. A morte de Marcelo foi inesperada e fulminante. Provavelmente não teve nada a ver com os aborrecimentos decorrentes da venda das laranjinhas, mas era assim que Vera conseguia lidar com sua perda, atribuindo aquele desgosto a alguém. A filha veio passar uns dias com a mãe depois da morte do pai. Até que conseguiu pôr alguma ordem nessa situação toda: espreitou e ralhou com os pequenos bandos que conseguiu flagrar. Outras vezes, mais calma e compreensiva, chamava as crianças de lado e explicava a situação, contava da morte do pai, do luto da mãe, de sua dificuldade para dormir e pedia encarecida que parassem de perturbá-la. Não dá para saber ao certo o que houve, mas conforme as férias iam acabando, as crianças crescendo e as famílias do condomínio perdendo os apartamentos para o banco, com suas dívidas impagáveis, a vida de Vera parecia que entrava nos eixos.

Depois de meses sem passar por nenhum grande desgosto, esse incidente com as plantas tirava outra vez sua tranquilidade. Vera tentava compensar o humor dando um passo após o outro, fazendo tudo exatamente como planejara. Mas é verdade que o desvio pela loja de festas teve um efeito surpreendente no seu humor. Chegou em casa, tirou os sapatos e calçou as chinelas lilases. Foi até os discos e escolheu um Chet Baker da coleção que herdara do marido. *It could happen to you*. Ligou o toca-discos, serviu-se um cálice de aperitivo e viu que ainda era surpreendentemente cedo. Não teria se confessado hoje de qualquer maneira, mas podia ter esperado o fim do sermão. Vera trocou a água das flores e foi até a cozinha onde organizou tudo o que ia precisar: temperou o frango, lavou a salada, bateu a mousse e, enquanto esperava o tempo de o tempero pegar na carne, foi até a sala e sacou da estante a edição bonita dos contos da Clarice. Era o tempo de ler um conto e tomar mais uma taça antes de voltar para terminar o almoço.

Abaixou um pouco o volume e se sentou na poltrona de leitura. Acomodou o vinho na mesinha lateral, o livro pesado no colo, sobre a almofada bordô. Abriu aleatoriamente as páginas e não calhou de ser o começo da história. Achou melhor escolher pelo sumário, que esse negócio de que o livro encontra seus leitores é uma bobagem. Uma pessoa precisa ser responsável por suas escolhas e, entre elas, está o que decide ler. Vera correu o indicador pelos títulos e parou, sem hesitar, em "A quinta história", que também podia ser "Como matar baratas".

Terminou a leitura e foi como se só voltasse a respirar depois do último ponto. Fechou o livro num átimo e o deixou sobre a mesa de apoio. Levantou-se num pulo, preocupada com o horário. Percebeu que não se passara muito tempo e retomou o preparo da comida. A mousse estava pronta, o milho aconteceu em paralelo. Restou esse tempo da espera, esse tempo de misturar as essências e fazer as laranjinhas para vender naquela tarde. Ainda bem que fiz a mousse da Renata e que ela detesta essas porcarias, lembrou enquanto amarrava a boca do último saquinho.

Tudo feito! 11h50: saquinhos no congelador, mesa posta, panelas desligadas. Vera, cansada e plena, recebeu a filha, que deu de cara com o papel colado ao lado da porta com a letra da mãe,

VENDE-SE LARANJINHA, e os vasos no canto da parede revirados. Tem certeza de que a senhora vai mexer com isso de novo? Essa história nos deu tanto trabalho... Era só por hoje. Disse que passou na frente da loja, voltando da missa, e se lembrou do marido, parece até que falou com ela. E os vasos?, especulou a filha. Um desgosto tremendo, nem quero falar sobre isso. Deve ter sido algum gato matreiro na madrugada. Deixa estar, depois eu me viro com essa bagunça. Vamos comer? Fiz o seu franguinho.

Comem. Passam o café e saboreiam a mousse, aerada de chocolate amargo, como só a Dona Vera sabe fazer. Mãe e filha conversam sobre a semana, as prestações atrasadas, o desgoverno que arruína a vida do país, e Laura, filha mais nova de Vera, que está muito bem em Amsterdã e deve vir visitá-las em breve. Vera disse estar cansada. A filha pediu que se deitasse um pouco enquanto ela arrumava a cozinha. Não iria embora sem chamá-la, que ficasse tranquila. A mãe assentiu e, calçando os chinelos bordados, caminhou para o quarto.

Não deu dois minutos que Vera havia se retirado, ouviu do quarto a campainha. A filha atendeu, vendeu as laranjinhas e pediu para a turma não chamar mais, porque a sua mãe precisava descansar. Vera não saiu do quarto, ouviu a filha fazer as negociações e até mesmo subornar uma turma, entregando uns produtos a mais para que dissessem aos outros que não tocassem a campainha.

É óbvio que não adiantou nada o esforço da Renata. Quanto mais ela pedia para pararem de chamar, mais crianças apareciam e formavam fila na porta da casa de sua mãe. Foi assim até o último saquinho, que ela desentranhou detrás dos pães de queijo no freezer. Entregou à menina magrinha de cabelos pretos e franja. É o último, pode avisar a turma que acabou. E se alguém mais tocar a campainha, vamos telefonar para a síndica e falar com os responsáveis. Chega! Ouviu bem? CHE-GA.

Vera se levantou depois do basta com uma cara animadinha dizendo que dormiu feito uma pedra. Quer dizer que não ouviu nada? O quê, filha? Nadinha. Vendi todos os saquinhos de laranjinha. Por favor, mãe, não faça mais. Isso é um inferno. Pode deixar, filha, foi só hoje. As crianças mereciam.

Textamento

Só depois fui entender que Gustavo não podia mais esconder os caroços. Não entendia por que começou a trabalhar de moletom com aquele calor tremendo do centro da cidade. Aquilo me perturbava de um jeito, nunca consegui ver diálogo entre a manga longa da garotada na saída do colégio e o concreto armado do centro. Olha que eu gosto dos garotos. Curto olhar para as penugens ralas e carinhas sebosas e espinhentas dos novinhos que aparecem por aqui querendo um bico de garçom. Geralmente, sou eu que os avalio, seleciono e treino para o patrão. Às vezes, escuto eles me chamando de tia, principalmente no começo, quando apresento as regras da casa. Todos os caras daqui passaram pela minha mão e muitos ainda comem aqui, ó, bonitinho. Costumo deixar os boys no ponto para atender as mesas, a não ser que esteja de férias. Aí quem seleciona é o patrão mesmo, ou a esposa dele, que tem uma empresa de *coaching* & *mentoring*.

Gustavo foi um desses casos. Eu estava na Bahia quando o contrataram em um janeirão de mais movimento. Cheguei e ele estava aí limpando as mesas. Primeiro sem, depois com aquele moletom ridículo. Senti tesão nenhum. Agora então, retrospectivamente, ouso pensar que era mais, era quase uma repulsa o que ele me despertava com seu jeito encruado. Desde o começo, vontade zero de me aproximar. Só piorou quando ele começou a aparecer de moletom. Encarei pelo lado do modismo. Era tão fechado que me passou pela cabeça que estivesse fazendo um esforço para se identificar com alguma galera, sei lá, para pertencer. Porém, foi mesmo uma mudança meio inesperada no visual. E o pessoal do restaurante estranhou bastante porque não foi só uma súbita radicalizada no estilo. Ele tinha um jeito de corpo, postura, atitude que acompanhava o novo estilo.

Gustavo sempre foi um cara caladão, é verdade. Os colegas respeitavam esse jeito mais contido de um sujeito que anda "na sua". Havia dias em que estava mais ligeiro: trocava umas ideias sobre as bandas que gostava com Antônio e emprestava para Lucas umas revistas que eu nunca conseguia ver direito, mas pelo jeito que ensacava e entregava os pacotes para o cara, assim meio na moita, parecia uma parada meio sinistra, proibidona. Bom que não vinha para o meu lado com isso. Gosto dos meninos. Para esse tipo de coisa, não tenho a menor paciência.

Se alguém brincava a respeito do moletom, dizia que a blusa era por causa do ar-condicionado, que era alérgico e não podia tirar porque sentia frio. Acontece que não foi sempre assim. Gustavo chegava por volta das onze para ajudar a colocar as mesas do almoço. Entrava pelos fundos, largava a bicicleta correndo e chegava pingando na minha mesa para bater o ponto. Calor da porra. Vou ali lavar o rosto. Ele morava perto, sei que dividia casa com outros parças em uma viela aqui do Setor Sul. Sua família vivia no interior e ele, como é comum acontecer com os jovens de cidades próximas que pretendem entrar para universidade, mudou-se para Goiânia e começou a frequentar o curso de Biblioteconomia. Achava até bom que ele não me beirava muito, mas um dia, em uma das poucas conversas que tivemos, falou que se sentia um pouco estranho em relação ao curso, nisso de se imaginar catalogando e ordenando livros para os outros sem ter uma estante para chamar de sua. Entendi que gostava de ler, apesar de não poder bancar os próprios livros.

No restaurante, começou como assistente. Arrumava as mesas, limpava o chão e recolhia os pratos. Aos poucos, conheceu a clientela e a clientela o conheceu. Passaram a ordenar os pedidos para ele e acabou sendo natural sua promoção para o status de garçom. De tanto observar os colegas mais experientes, Gustavo aprendeu o serviço com relativa facilidade. Não fez muitos amigos, embora não chegasse a ser um sujeito malquisto. Nunca quis aparecer mais que ninguém, não tentou se promover e não embarcava nas fofocas entre os funcionários. Manteve-se assim, preservado, mas não alheio ao ambiente que não era, para ele, exatamente acolhedor.

Aconteceu de eu estar por perto na primeira vez em que percebeu algo de estranho em seu corpo. Anotava um pedido quando sentiu um incômodo na barriga, perto das costelas. Comentou comigo o desconforto e se enfiou na dispensa para levantar a camisa e tentar enxergar o que sucedia. Disse que deslizou a mão pelo corpo e notou um caroço. Mesmo assustado, suspendeu o exame e voltou ao trabalho. Ao final do expediente, perguntei como estava se sentindo e ele já havia até se esquecido daquela pequena protuberância que havia aparecido. Levantou a camisa, passando a mão pelas costelas, e balançou a cabeça, meio incrédulo. Examinei também, não havia nada. Em todo caso, aconselhei que fosse ver um médico.

No dia seguinte, me contou que à noite, quando se despiu para o banho, apalpou-se outra vez e chegou a abrir a porta para mostrar a um dos vizinhos de quarto, mas os pudores o impediram. Aposto que pensou na mãe e lamentou que ela não pudesse examiná-lo. Por certo que não teria essas reservas com ela. Vestiu-se novamente e, antes de sair à procura de alguém na casa, levantou uma vez mais a camisa diante do espelho. Nada. Deitou-se e pegou no sono.

Começou assim o que viria a se tornar o maior transtorno daquela vida. Durante dias seguidos, o caroço aparecia para dar um alô e desaparecia antes que ele pudesse mostrá-lo ou medi-lo para saber se havia aumentado. Depois, do mesmo modo, outros pequenos caroços apareciam e desapareciam da superfície da sua pele. Alguns foram se fixando, tinham o aspecto de uma verruga interna, calombos irregulares que deformavam seu corpo, alguns pontiagudos, outros mais retos ou arredondados. Migravam de um ponto a outro e se instalavam entre as dobras. A princípio, tomaram as articulações e glândulas. Preenchidas, começaram os desconfortos em outras partes. Em pouco tempo, o corpo de Gustavo estava tomado de caroços de aparência acidentada. Disforme, o moletom já não o ajudava. Não havia como esconder, nem disfarçar. O lado direito do corpo foi visivelmente mais comprometido pelas irrupções, a ponto de fazer com que o tronco pendesse para baixo.

Só quando questionei sobre o moletom em um dia absurdamente quente, veio a me contar que não tinha demorado a procurar um diagnóstico médico. Ao fim de dois meses de consultas e exames com dermatologistas, oncologistas e infectologistas, já não havia mais especialidades a procurar. Diante do quadro e da evidência física, apenas balançavam a cabeça, baixavam a vista e nada diziam. Gustavo se transformara em uma anomalia. Nenhuma ressonância o acudia. Tornara-se um estudo de caso para incontáveis especialistas que, por mais que pedissem exames específicos e dispendiosos, não eram capazes de diagnosticar. Até que se cansou. Parou de ir às consultas e começou a se isolar. Pelo jeito, também não encontrou coragem para contar à família o que se passava. Insistiu enquanto pôde com a rotina, pretendendo driblar a erupção incontornável que o corpo lhe impunha. Chegava ao restaurante de capuz e não tirava mais. Só ia embora depois que todos tivessem saído, evitando ao máximo cruzar com as pessoas.

A princípio não sentia dores. Não havia coceira. Os caroços se formavam por dentro, migravam e se desfaziam. No mesmo instante em que sumiam, porém, outros emergiam de maneira que o corpo de Gustavo fervia. Com o passar dos meses, as dores, que começaram fracas, se agravaram. Às vezes, comentava que sentia algo passando entre as vértebras, enredando os ossos. Ficava preso no banheiro por meia hora e saía pingando, transtornado de dor. Disse que algo o fisgava, agulhava, lancinava por dentro. Eu perguntava pelos remédios para dor, já havia tomado. Sempre. Os colegas do restaurante já não disfarçavam o repúdio que sentiam por aquela figura borbulhante. É claro que ele pressentia as conversas pelos cantos, supunha os chistes pelas risadas abafadas, percebia os olhares de piedade e até de asco. Por determinação do gerente, tinha parado de servir as mesas e foi auxiliar na cozinha.

Gustavo foi se acabrunhando, tornando-se mais isolado, notoriamente deprimido. Quando se dirigiam a ele, era para cobrar um trabalho ou sugerir um tratamento de que haviam ouvido falar. Pablo, o outro assistente de cozinha, oferecia um cigarro, às vezes, transigia com o constrangimento de olhar para aquela figura efervescente e o convidava para fumar nos fundos do restaurante. Era o único com quem trocava algumas palavras. Nada além de amenidades, umas indicações de bandas de rock ou uma breve troca de impressões sobre os filmes vistos por ambos. Não chegavam a ser amigos. Gustavo nunca falava de si, mas era um alívio saber que alguém se dirigia a ele usando a linguagem com que humanos se desconhecem.

Escondia-se, ou pensava que se escondia, por trás do capuz preto de seu moletom surrado, mas a monstruosidade já tomava conta de seu rosto, suas mãos e seu pescoço. Os grumos emergiam e cresciam com uma velocidade atroz. Foi rápido demais que o cara se transformou em uma aberração asquerosa e acabou sendo retirado completamente de circulação. Um dia, cheguei a presenciar Margarida, uma cozinheira mais antiga e metida a dar palpite em tudo, pedindo para o gerente que o tirasse de sua frente, porque a figura hedionda a deixava mareada e provocava calafrios que tiravam sua concentração. Diante de um abaixo-assinado — que jamais subscrevi — solicitando a demissão de Gustavo, o patrão, sem coragem para demiti-lo, mas sabendo que o moço tinha já os dias contados no estabelecimento, colocou-o para organizar os estoques.

Foi até melhor porque Gustavo se deslocava entre a câmara fria e a dispensa e não precisava mais se expor, nem passar pelo constrangimento de se dirigir a ninguém. Até porque, quando isso aconteceu, Gustavo já não estava conseguindo articular bem as palavras. O que ele balbuciava era incompreensível e acho uma merda que tenha sido eu quem teve de fazê-lo se dar conta disso.

Insistiu algumas vezes em trocar umas palavras comigo, mas não podia entender o que ele pronunciava. Ficamos, por alguns instantes, um de frente para o outro, ele mexendo a boca involuntária e rugosa que não obedecia ao seu intento de articular as palavras. Parecia que a qualquer momento podia parir um alien pela cavidade bucal. Não sei explicar o que senti diante daquela figura disforme tentando se comunicar comigo. Minha única vontade era fechar os olhos e ficar invisível, sumir dali. Olhei para ele tão fixamente quanto foi possível, dado que nada em seu corpo se fixava mais, e meneei a cabeça negativamente para que percebesse o quão esdrúxula havia se tornado sua comunicação verbal.

Depois desse dia, vi-o tossir escondido e me aproximei de onde estava empilhando umas latas de tomate para dizer a ele que se agasalhasse melhor enquanto estivesse na câmara fria. Quando cheguei perto, vi que alguma coisa esquisita havia saído de sua boca quando tossiu, apesar do gesto de trazer a mão antes que o pigarro saísse. Não sei descrever o barulho que ouvi. Não era uma vibração molhada de um muco solto na garganta. Era um som seco que o engasgava. Ele se contraiu todo enquanto tossia, como se já esperasse que algo fosse sair de dentro dele, como se uma estrela de vinte pontas ou um porco espinho rasgasse sua garganta pelo lado de dentro. O que saiu, não vi direito. Tinha uma aparência escura, mas não era viscoso. Parecia que Gustavo tinha engolido um pedaço de vidro e o expelia na minha frente. A princípio, pensei que fosse uma bala, mas quando caiu no chão soou como estilhaço. Não quis ser indiscreta. Perguntei se estava bem e ele, de costas, respondeu que sim. Mais tarde, quando voltei para trancar as portas, vi que havia lenços com sangue no lixo. Remexi e vi que o papel embrulhava letras que pareciam ser de acrílico.

A situação de Gustavo se agravava. O patrão já havia comentado comigo que suspeitava do sumiço de alguns produtos. Tentei sair em defesa do moço dizendo que era de confiança e nunca, desde que entrara, havia sumido uma agulha do restaurante. O chefe não ficou convencido. Embora Gustavo não pegasse nada para si, o que acontecia era que os grumos tomavam conta de suas mãos e comprometiam sua coordenação motora. Descobrimos quando vimos os frascos de azeite no lixo que ele já não conseguia esconder, a gordura no chão da dispensa e o cheiro misturado dos resíduos que tomavam conta do lugar. Não havia mais jeito, foi despedido.

Depois desse dia, não o vi mais. Acho que se recolheu completamente. Não conhecia os caras com quem ele morava, não tive nem como perguntar a alguém para saber notícias. Tudo me perturbava demais. O cara sequer falava, como podia pedir socorro? Quem se encarregaria daquele demônio forjado diante de nós? Eu tinha pesadelos terríveis com ele. Cheguei a percorrer as vielas da Rua 83 tentando achar a casa onde vivia para saber como estava, mas nunca deram notícia daquele rosto desfigurado. À medida que o tempo passava, as lembranças e os pesadelos se espaçavam, mas volta e meia sonhava com Gustavo encarquilhado no seu moletom escuro, trancafiado como um monstro no restaurante.

A última vez que rolou um sonho desses foi em uma tarde de um sábado de abril. Havia tomado muita cerveja na hora do almoço e tinha marcado de ir ao cinema com umas amigas no fim do dia. Deitei-me no sofá para tirar um cochilo e acabei dormindo pesado e sonhando com Gustavo. Nunca me lembro dos meus sonhos com muita precisão, mas tenho certeza de que o vi de baixo para cima e que, apesar de parecer ter o rosto pavoroso e completamente retorcido, minha memória insiste em me dizer que, em algum lugar daquele estrago, ele sorria. Mais provável que seja meu desejo de que ele esteja sendo cuidado, aliado à minha culpa por não ter feito qualquer coisa por ele enquanto estava próxima e... Ainda podia? Podia. A gente sempre pode alguma coisa. Acordei muito mal, com uma ressaca de sonho misturada com a de bebida. Fui tomar um banho para me arrumar e fiquei me esforçando para lembrar de mais algum detalhe. Não vinha nada.

Arrumei as coisas, peguei a manta e as almofadas para estender no chão e fui me encontrar com as meninas no cinema da Praça Cívica. Estava uma festa, porque Bianca levava Felipe, seu filho de seis anos, para a sua primeira sessão de cinema ao ar livre. A noite agradável recendia pipoca com anilina. Enfim, a praça estava colorida e cheia de gente, muitas crianças deitadas sobre suas almofadas de estimação, esperando pela animação japonesa. Eu experimentava a sensação rara de pertencer a uma comunidade possível, um conforto animado de achar que nada, naquele momento, nos afetaria. As luzes do prédio público se apagaram e deixaram tudo por conta da projeção, do pipoqueiro e das estrelas.

Já havia mais ou menos uma hora de filme quando a criança à minha frente reclamou para a mãe que alguma coisa a atingira. Ela olhou para cima, disse que não era nada ou era uma aleluia, e pediu que ficasse quieta. Não demorou segundos para que algo caísse raspando no meu braço. Olhei na colcha onde estávamos sentadas e peguei uma coisa preta que parecia lasquinha de acrílico. Examinava aquilo quando olhei para cima e vi cair do céu uma chuva de fuligem, só que densa. Não se desfazia. Os pedaços eram sólidos e começaram a cair em cima das pessoas, que foram se abrigar, assustadas, debaixo da varanda do prédio do cinema.

Pararam a exibição imediatamente.

Estávamos todos meio atônitos, reagíamos sem entender. Minhas amigas tinham corrido para o chão vermelho encerado do prédio público para que as crianças se distraíssem, deslizando com seus tênis de rodinha enquanto não era possível fazer outra coisa. Acenavam de lá me convocando, mas aquilo me intrigou de um jeito que não sei explicar. Eu não quis me esconder. Acenei de volta avisando que estava de partida e fui andando, olhando para o chão coalhado daquelas lascas que não paravam de cair. Como não sentia dor ao ser atingida, não me preocupei em correr. Olhando fixamente o chão, notei que os pedacinhos pareciam ter formas conhecidas. Apesar de parecerem irregulares e quebrados, os resíduos que caíam me sugeriam letras de uma grafia esquisita. Levantei o olhar procurando por algum letreiro estropiado ao redor, mas por ali não havia nada. Nesse momento, já começava a ouvir as sirenes em volta da praça. Alarmadas, as pessoas tinham comunicado à polícia sobre o incidente que interrompeu a sessão.

Rodeei a praça, caminhando para o lado de fora e recolhendo os pedacinhos que seguiam caindo. Andava e me distraía, tentando não me importar com a chuva preta, e juntando, nas linhas da minha palma, aquelas partes que recolhia. Juntava não como quem escreve, naquele momento não tinha nada a dizer, só recolhia as letras e indagava sobre o que acontecia. Perguntava como quem tem perguntas que não se formulam. Como quem precisa daquelas formas para conseguir elaborar uma coisa qualquer para aquele incidente sem sentido. Estava cada vez mais convicta de que reunia letras e vi que elas deixavam um rastro vermelho na minha pele. Estavam sujas e viscosas, apesar da consistência das formas.

Olhei mais uma vez para cima quando estava na lateral do Palácio Pedro Ludovico, prédio alto e espelhado que sedia órgãos do Governo Estadual. A chuva gráfica, que havia ficado mais tórrida enquanto eu passava por ali, não permitia que me fixasse por muito tempo nessa posição. Tive a impressão de ter visto alguém em uma janela de vidro, de um andar mais ou menos no meio do prédio. Eu protegia os olhos com a mão sobre a testa para tentar ver melhor, enquanto algumas pessoas passavam por mim. Uma mulher com uma criança marchava feito um furacão de tão irritada. Esbravejava, dizia que era preciso pegar o desgraçado e dar-lhe uma coça. Estava evidente que era uma convocação para um linchamento, e ela já conseguia algumas adesões, mas eu ainda não entendia do que se tratava.

Terminei de contornar o prédio e, quando cheguei à frente, já estava formada uma grande aglomeração. As sirenes que havia escutado não eram apenas da polícia, mas principalmente dos bombeiros. A essa altura, a chuva havia cessado completamente. Apertei a mão com força e fiquei parada, meio atordoada, olhando aquela movimentação toda. As pessoas conversavam à minha volta, mas não conseguia pôr atenção em nada do que diziam. Tudo se resumia a uns rasgos de conversa e burburinho de uma legião nervosa por não ter terminado de assistir ao filme. Força maior, argumentava o pai para a filha de uns oito anos que não se conformava por não saber que fim levaram as meninas órfãs do filme. Seguiam em direção à Rua 10 e o pai tentava contornar a situação e compensar essa falta propondo um sanduíche no *pit dog*.

Foi aí que os bombeiros desceram do prédio com a maca. A polícia os escoltava, enquanto se encaminhavam para a viatura, para protegê-los da turba — a essa altura, mais curiosa que raivosa. Um rastro vermelho ia ficando para trás de onde os homens passavam. Voltei-me maquinalmente para a entrada do prédio cercado de policiais, alguns bombeiros ainda caminhavam atrás da maca. Estava escuro. Só enxergava vultos. Minha vista estava turvada pela distância e pela confusão de gente que já se dispersava, mas estou quase certa de que vi um dos bombeiros sair do prédio levando no braço um agasalho escuro e um par de tênis preto. Antes de bater a porta do carro, o homem ainda sacudiu a blusa para desvencilhar de algo que a impregnava. Parecia ensopado o moletom e acho que vi uns estilhaços se deitarem ao chão. Aquela imagem turva me trouxe o barulho de vidro partido, que não ouvi ali, naquela noite, mas na dispensa do restaurante, quando Gustavo se engasgou.

As pessoas comentavam muitas coisas e era como se eu tivesse entrado em uma redoma. Tudo muito distante dos meus ouvidos, do meu tato. Tive calafrios e me ausentei para dentro de mim. Fui sair desse estado de torpor e me dar conta de que havia chegado em casa quando senti uma dor forte na mão. Era de tanto apertar aquelas letras lascadas. Abri a palma e parece que li: en via. O sangue agora era meu. Fui para a cozinha passar um café e limpei a mão, sem perceber, no pano de prato bordado por minha avó. Isso me deu tanta raiva que joguei o pano no tanque e fui olhar melhor o corte. Pequeno, mas fundo, coberto por umas lascas pretas coladas na pele. Removi com cuidado. Mergulhada em minha mão, atravessando na palma as linhas da cabeça, do coração e da vida, pesquei uma letra que já se enfiava corpo adentro. Maiúscula. Quebrada. Despejei o vidro de álcool sobre a ferida e urrei, ressoando pelos corredores, pelos dutos, pelas escadas, pelo subsolo, pelos bueiros, pelos poros da cidade que me deitou aquela baforada morna e sombria.

Quase caí, mas consegui me apoiar na pia e me jogar na cadeira. Ardia do nervo do antebraço ao tendão do tornozelo. Engoli um analgésico, suturei o aberto como pude e liguei o rádio esperando que o café subisse na cafeteira de alumínio. A CBN noticiava que o rapaz, que invadira o Palácio Pedro Ludovico, na noite anterior, havia dilacerado o próprio corpo com uma lasca de vidro da janela do 5º andar. Havia entrado no prédio ao final do expediente e se escondido nas instalações do sistema de ar-condicionado. À noite, livrou-se das inscrições invaginadas em seu corpo provocando a chuva de letras da noite anterior. Disforme e vazio, foi identificado pelos documentos: Gustavo Santana, 22, solteiro, indigente. Invadiu a sede do Poder Executivo, cortou-se e não resistiu à sangria.

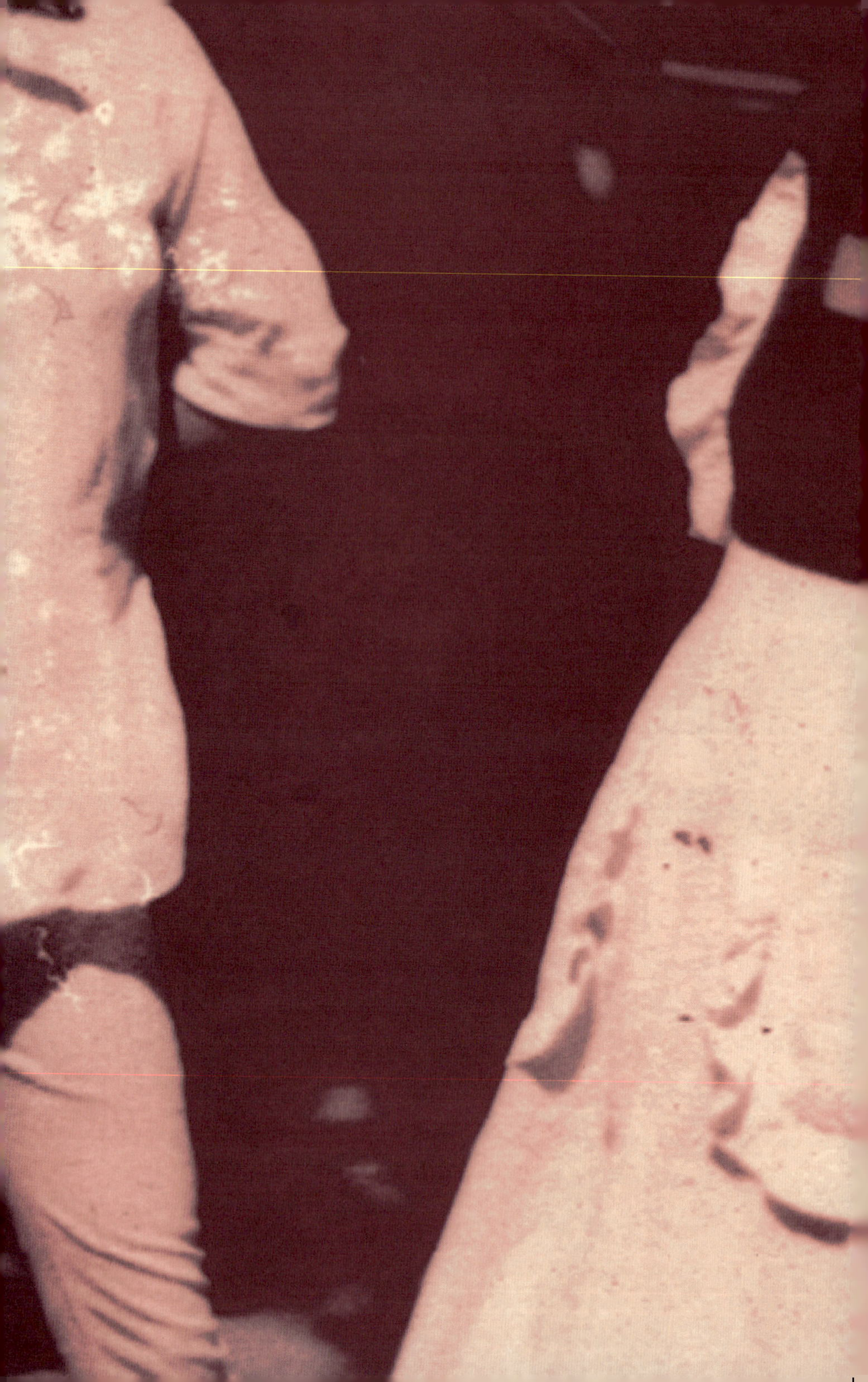

Vestido branco

Dora, o que você tem? Dora? O que você quer?! A pergunta acompanhada de um safanão fez a menina piscar e despertar. Recomeçou a rodar as pernas na água, fazendo círculos concêntricos, os cambitos mergulhados. Sentada na borda da bica de cimento, com o tronco curvado, Dora havia abandonado o prato. Ao seu lado, a comida já havia se tornado um depósito de moscas. Na roça é assim, ou você come, ou alguém devora. O que você tem, Dora? Perguntou de novo a prima, agora pousando a mão com mais suavidade sobre seu ombro. Por que não come logo e vem nadar com a gente?

As crianças tinham sido expulsas dali onde as mulheres iam abrir as aves que tinham degolado para começar o almoço. Os primos iam para o riacho, brincar mais longe, onde a água limpa chegava até o peito e podiam até arriscar nadar sem roupa, longe do olhar judicante dos adultos. Os primos estavam nessa de aprender a falar umas bobagens, coisar umas palavras para ver como encaixavam na boca e querendo muito, muito conhecer os badulaques uns dos outros. Estavam mortos de curiosidade para saber das partes: os meninos, das meninas; as meninas, dos meninos. Meninos e meninas, era assim que os chamavam os adultos, divididos por essas categorias exclusivas pelas quais se conhecia o sexo da humanidade.

Dora levantou o olhar, mantendo a cabeça enfiada nos ombros. Viu o bando dos primos se afastar e não disse nada à prima que a convidava com pressa, temendo ficar para trás e ter que chegar sozinha no rio. Carol era medrosa, mas não gostava da ideia de deixar Dora para trás. Dora apenas balançou o pescoço em negação e voltou a olhar a água. Enjoada. A prima não insistiu. Sabia que quando Dora encasquetava com uma coisa, nem adiantava insistir. Pode ir, Carol. Se me der vontade eu vou depois. E Carol se retirou correndo para alcançar o grupo que ria e tagarelava alto, com a alegria de quem esperou o ano inteiro para rever quem falava sua língua. Pareciam um bando de maritacas. Iam chutando os tocos, catando folhas, seguindo pelo curso da água.

No alpendre da casa, o salão se desmanchava no forró. Casais suados ainda sacolejavam, inclusive a noiva, que, de tão animada, arrastava qualquer um que passava ao seu lado para dentro da pista. Até os vira-latas da roça tinham rodopiado com Maria, que foi ficando alegre com os tragos que o avô oferecia e ela virava ali mesmo, para não fazer desfeita. Foi tanto que tia Dalva, mãe da noiva, precisou chamá-la na chincha quando passou no meio da sala e a filha tentou arrastá-la para o meio do furdunço. Chega, menina, chega! Deixa a gente cuidar dessa bagunça! E vai procurar seu marido que está roncando alto ali na sombra, atrapalhando o cochilo dos tios. Maria não deu ouvidos à mãe e continuou rodando com os pequenos, os cachorros e os bêbados, para quem a festa durava enquanto os ossos sacudiam.

Todo mundo de bucho cheio, fartos da galinhada com pequi e da pamonha assada das tias. Os homens mais velhos tinham achado a sombra para recostar. Os primeiros a terminar de roer os ossos pegaram as redes debaixo da mangueira. Outros se consolavam acendendo um pito e tomando um gole de café forte para ver se o sono passava antes de pegarem a estrada de volta.

As mulheres recolhiam os pratos, ajeitavam as cadeiras e começavam a lavação ali na bica, onde Dora havia estacionado sua carcacinha. Ela assistia ao trabalho orquestrado do pelotão das tias, que nem precisavam dizer uma à outra o que fazer. Apenas se observavam e iam executando as tarefas, como se uma voz longínqua lhes desse ordens de dentro para fora, impondo um treinamento infalível que levariam para o túmulo. Elas raspavam o resto de comida dos pratos para dentro de um saco enorme. Iam juntando pratos, talheres, panelas. Iam levando tudo para a bica e enchendo de água. Enquanto umas ensaboavam e areavam com a palha de aço, outras enxaguavam, e o tempo secava tudo. Sem lugar à sombra da árvore, sem tempo para pensar em cochilo, as mulheres se reuniam para outra etapa da festa. Uma festa só delas. Em torno da bica, elas riam inebriadas, brincavam e conversavam alto, muito alto. Suas vozes sobrepostas se escutavam, se completavam, se desentendiam e narravam a festa, com uma espontaneidade que só cabia nesse instante.

Mas o que houve com essa menina que está branca feito um fantasma?, perguntou uma tia interrompendo uma piada. Espia! Não comeu nada! Falei para ela sair de perto, que ia começar a abrir as galinhas, gritou outra irmã, trazendo até a bica uma pilha de vasilhas. Quem disse que a teimosa me ouviu? Ficou lá curiando de perto, vendo a gente tirar os ovos, separar os miúdos das tripas. Agora fica aí. Olha pra você ver, nem tocou na comida. Não vai comer não, menina?

Dora balançou a cabeça que não. O cheiro da galinha morta estava ali, forçando a porta do nariz. Se abrisse a boca para falar, era capaz desse cheiro de morte se enfiar com tudo dentro dela. Também podia ser que a vidinha espremida que Dora carregava jorrasse em uma golfada que ela não poderia evitar. Não ia comer nunca mais. Nunca mais na vida qualquer coisa de bicho entraria nela. Nunca mais apagaria da cabeça tudo o que viu destrincharem na sua frente aquela tarde: o cordão de tripas desencaixando do bucho e desabando na bacia de alumínio. A mulher espremendo o órgão até o esvaziar, o milho, o arroz, as pedras da moela, os pedaços caindo na água. O cheiro fresco de morte. O sangue nos cantos dos ossos. Os ovinhos pregados sem casca. Ia tudo para a panela. E as risadas sádicas das tias comandando o desmanche das galinhas. Ela tinha visto os ovinhos, tinham mostrado para ela como as gemas se escondem sem casca. Aquelas corsárias de granja saqueavam, temperavam e guardavam para suas pessoas preferidas os miúdos que nomeavam sem embaraço. Ali, não havia mistério.

Dora, que nunca foi muito chegada em carne de ave, achava que o cheiro daquela lambança empesteava o ar, seu prato e o corpo das tias. Seu prato intocado a fez virar alvo das piadas. O prato de Dora, sua cara confrangida, seu corpinho magricela em contraste com aquelas ancas trabalhadeiras de quem dá de comer e se farta da própria comida. O nojo das vísceras é um luxo que não cabe entre elas. Deixe de frescura, menina! Não quer comer, não come. Ou vai brincar com os meninos, ou vem ajudar aqui.

No corpo apertado de Dora, a coisa azeda subiu até a garganta e voltou. Levou a mão até a boca. Queria obedecer, sair dali. Não aguentava mais inalar aquela podridão. A tia que se deu conta do que estava prestes a acontecer berrou: aqui não, fia! Muito ajuda quem não atrapalha!

Ou bem ela segurava o vômito, ou reunia forças para sair dali. As duas coisas, não dava. Eram muitos pedaços para juntar, e ela não era dona de suas partes. Quanto mais Dora se atrapalhava, mais as mulheres riam dela e menos ela conseguia coordenar suas pernas e seu bucho.

Estavam nisso quando começou a gritaria que vinha da margem do córrego. Ninguém nunca sabe o que procura, mas Dora parecia estar encontrando um bocado de coisas. Nas partes que não conseguia reunir, no cheiro do sabão de bola nas mãos das tias, no suor que escorria entre seus peitos e pela sua cara. Viu os cascos baterem na água, prismando. Galopava com força o homem que berrava, enfiando o cavalo na água. Dora ainda sente o cheiro da carne das aves recém-abatidas. O baque violento reparte a água, refrata a luz rosa e laranja da tarde. Da bica, elas queriam achar bonito as gotas cintilando. Mulher!, alguém chama com as mãos ocupadas. É o Téo que vem lá e ele está muito bravo. Mas o que foi? O que está acontecendo? O que é isso, meu Jesus amado? Meu Deus! Virgem santíssima! Sobrepõem-se os cocós agudos das tias.

Dora, que se levantou com o brilho distante da água esguichada, via a nata opaca de gordura das vasilhas chegando perto de seu corpo e correu para perto da casa, de onde podia avistar o córrego. Viu as primas e os primos caminharem molhados, chorando, gritando. Quanto mais demoravam para se vestir, mais o tio urrava de cima do cavalo e os xingava. Pouca vergonha! Bando de sem-vergonha! Sem-vergonha! O cavalo rodopiava em torno do grupo de meninos, passando de uma margem à outra. Batia forte com um galho na água, como quem açoitava os lombos dos pirralhos, e a água espirrava longe, multiplicando os pingos. O tio era dono das terras e tinha se arrependido de ceder o espaço para o casório. Estava enojado com a falta de respeito, com a safadeza em seu riacho. Onde já se viu essa cambada de primo nadando pelado? Menino com menina! Queria mesmo era acertar as pestes no lombo. As crianças tentando se vestir, enfiando os membros molhados na caçapa das calças o mais rápido que podiam. Enquanto uns choravam, outros seguravam o riso, mesmo sabendo o que os esperava. Mais alto e colérico zurrava o tio. Quero todo mundo lá em cima agora! Agora!

Dora olhava de longe e se perguntava: para onde vão os pedaços decepados que a água leva? Correu para perto da casa e assistiu de longe ao espetáculo, sem saber se chegava perto dos primos ou se escondia. O enjoo até passou, mas ela continuava sentindo aquele cheiro rançoso perto das narinas. Tudo guardado. As coisas. Os miúdos. As vergonhas. Os bicos.

Dora olhou para o lado e viu a prima noiva toda suada no seu vestido branco de organdi. Ela passava a mão no colo e no cabelo, esbaforida, ajeitava o decote, ainda orgulhosa de seu dia. Olhou para Dora e percebeu que a menina a vigiava. Dora endireitou a cabeça e o olho esbugalhado de susto. Sentiu uma pontada no ventre. Temia por Carol, que estava pelada na água. Passou a mão no vestidinho vermelho de cetim, que a mãe tinha feito para a ocasião. Lembrou de se achar bonita enquanto se aprontava, mas, quando viu a prima Maria, achou que a mãe podia ter caprichado um pouco mais no traje da própria filha. Sua mãe também tinha feito o vestido da noiva. Lindo, apesar de parecer um pouco justo. Quem mandou a prima engordar na véspera? Podia ter deixado para comer no casamento... Pensou isso e foi como acender um fósforo perto da pólvora. Levou a mão na boca, tentando segurar o riso. O que se passava era aquela pura bobeira de quando estava junto dos primos e precisava parar de rir porque a situação ficava séria de repente. É uma hora delicada. Em geral, quando bate a bobeira, só se consegue engatar uma bobeira na outra dentro da cabeça. Tudo em volt[illegible] graça, e o que mais acontece nessas horas é de uma ga[illegible]surda explodir e provocar a ira dos adultos.

A menina, que [illegible]do isso, estava ali tentando se controlar di[illegible] imaginar que, um dia, a mãe também faria u[illegible]la. Novo e chiquíssimo. Com um vestido de[illegible]daria nela, ninguém diria o que fazer, o que [illegible]ia cumprimentar, aonde ir... Com um vestido br[illegible] ela reuniria os pedaços, ficaria dona de seu corpo, suas v[illegible]des, seu caminho. Foi invocando coisas sérias assim, tentando se segurar com os olhos vidrados na prima, que parecia ler seus pensamentos, só que de um jeito invertido.

Maria era uma moça insegura, nunca foi exatamente uma beldade, nem tinha a instrução que Dora e as outras primas recebiam. Ela achou que a menina prendia o riso caçoando dela, do vestido apertado cuja costura esgarçada denunciava sua gravidez, ou mesmo do malfeito que se passara com os primos. Ao tentar ler o semblante confuso de Dora, Maria assumiu que a boba alegre zombava dela e não segurou a raiva. Cravou os olhos nos da prima e foi fazendo um vinco fundo na testa, levantando o dedo em riste até sair com o remate:

Tá querendo rir de quê, Doralice? Tá se achando muito especial, né, menina?! Não come galinha, não nada no rio, não dança, não leva coça, tem nojinho disso, não quer aquilo... Já tá todo mundo por aqui com seus enjoos. Ainda por cima fica aí agourando meu bucho com essa cara de sonsa. Cê é que nem todo mundo, fia! Não para de se achar, não, pra ver. Nessa toada, vai acabar é ficando pra tia!

Não tinha definitivamente nenhuma graça, mas o chilique da prima fez Doralice explodir numa risada incontida e humilhante, que também escorreu pelas pernas abaixo.

Vizinha

— Passa, fia, entra um pouco. Vem tomar um café.

— A menina foi embora, don'Ana?

— Geraldo veio buscar há pouco. Um trisco. Aqueles óio esbugalhado de quem não consegue entender o que vê, aquele corpo enrolado, cara de espanto. Como pode uma pessoa tão franzina fazer o que fez? Como pode, fia?

— A gente faz coisas, don'Ana.

— Olha que eu já andei de um lado pro outro nessa casa, já varri, já arrumei, já lavei, já sapequei a gata, já molhei as plantas e agora estou aqui, passando café, a ver se o bordado me traz algum sossego. Toda essa doidura perturbou minha mente. Não paro de remendar os pedaços dessa história cabeluda. Estou tão aflita, fia. Pensar que fui de dentro daquela casa, que frequentei essa gente. Coitada da Amália. Antes morrer cedo a ver tudo isso.

— Não sabia que conhecia a Amália, don'Ana.

— Conhecia, sim, Deus a tenha. Nós éramos até próximas. Não é dizer que fomos amigas, mas acudíamos uma à outra nos sufocos. De primeiro, era assim: precisava de qualquer coisa, podia contar com a vizinha. A vizinha salvava a gente com uma xícara de açúcar que faltasse, um ovo, um copo de farinha. Outros tempos, fia. A gente fazia qualquer coisa em casa e passava um prato pelo muro para a outra provar. Era costume sentir um cheirinho de bolo assando no forno e, quando dava fé, chegava um pedaço generoso do quitute morninho. Era assim quando fui vizinha da Amália. Dá sua xícara, fia.

Acontecia muito de chegar na porta e ouvir a gritaria lá dentro. Já sabia que tinha cachorrada acontecendo. Sabia que o machão batia nela e nas crianças. Volta e meia estava Amália com um olho roxo, a cara amassada, vestindo camisas de manga comprida. Mas é aquela velha história, fia, a gente não pode se meter. Reginaldo tinha pavor de me ouvir falar das coisas que eu ouvia da casa dos vizinhos. Dizia que se eu me metesse na vida dos outros, me largava. Mas eu sabia. Sabia que aquele Tonico não valia nada. Era um bicho bruto, que vivia dentro de casa estorvando a limpeza e espinafrando a mulher e os filhos.

Tonico era desses tipos que só falam zurrando e dando coice. Desses tipos que não sabem de coisa alguma, que não viraram nada na vida e descontam em casa sua humilhação. É desses que perderam o pouco que tinham por intransigência e arrogância. Eita, misturinha ruim, fia. Sabe esse tipo feio, que fede a rabugem e fica ali em volta da mulher, mandando sair logo a comida? Esse tipo que acha muito justo, só porque anda entediado, sair metendo a pica em todo mundo? Pois, esse era o velho Tonico. Amália aparava, entrava na frente e levava tudo. Adoeceu, claro. Nunca entendi muito bem o que houve. Poucas vezes fui lá quando ela caiu de cama.

Hoje cedo, estava me lembrando de quando fui levar uma sopa que tinha acabado de fazer. Era à noitinha e eu sabia que o carrancudo estava para os lados da cidade. A menina Rosa abriu a porta e eu deixei os pratos, um sobreposto ao outro, sabe, embrulhados no pano de prato para manter a sopa quentinha. Orientei a menina Rosa que alimentasse a mãe enquanto o prato ainda estava morno e fui saindo. Rosa tinha uma beleza estranha, o rosto cavado, os óinho fundo, que não deixavam passar nada e parece que imploravam por alguma coisa. Nesse dia, me lembro de espiar melhor a entrada da casa e achar tudo meio sombrio. Fui capturada por um quadrinho de madeira que ficava no canto da parede. Um quadrinho pequeno mesmo, boiando perdido na brancura pelada das paredes da sala, onde a televisão, sempre ligada, era o único ponto de luz que pescava os óio da gente. A taboinha tosca, meio ovalada, era nitidamente uma lapa de tronco sobre a qual havia um desenho de uma árvore recém-cortada e caída. Pegado ao toco enraizado que restara, bem no lugar onde a árvore fora decepada, estava fincado um machadinho. Não era pintura, mas uma miniatura da arma. Parecia um brinquedinho. Ao lado do tronco tombado, lia--se: *Sê como o sândalo que perfuma o machado que o fere.*

Não sei por que tinha de me lembrar desse quadro hoje, fia. Pra mim, esse quadro é desses troços que a gente vê e não vê. Nunca dei importância a esse detalhe. Agora, depois da notícia das mortes, não me sai da cabeça. Fico me perguntando quem pendurou aquilo ali. Só pode ter sido o velho. Quem mais ousaria bater um prego naquelas paredes e fazer figurar qualquer coisa sem o seu consentimento? Tonico, o machão.

Depois que a Amália morreu, ele bateu nas crianças até entortar. Mais café, fia? O rapaz foi embora assim que cresceu um pouco. Fez a trouxinha dele e deu no pé. Depois da mulher, era quem mais apanhava. Tonico nunca nem procurou por ele. Fez foi fingir que não tinha filho e proibir qualquer um de falar o nome do menino em sua presença. No dia em que o filho do pedreiro apareceu por lá e perguntou pelo amigo, faltou ralar a cara dele no asfalto. Régis, era nome do rapaz. Também nunca voltou pela irmã. Rosa ficou só com o velho. O que eu não sabia, mas devia ter imaginado, era da fuça dele nas carnes da pobre. Devia ter imaginado. Devia ter imaginado que ela sozinha com o velho naquela casa não podia dar coisa boa. Poucos meses depois de o irmão ir embora, Rosinha apareceu com o bucho cheio e a cara amassada, feito a mãe. Não, ninguém fazia nada. De primeiro era assim, fia, ninguém se metia.

Rosa assumiu a casa, as tarefas todas da mãe e a filha que ele fez nela. A filha da filha. Tonico dizia por aí que era de outro homem, mas qual? Rosa não saía de casa. Se saía era para a venda ou para a igreja. O pai e o padre eram os únicos homens que ela conhecia. Imagina se ela podia namorar alguém.

Nasceu o bichinho feio. A gente custou a saber se era menino ou menina. Agora, penso que Rosa fez a menina feia de propósito, pra ver se ela escapava do destino. Além de feia, Rosa fazia questão de trazê-la sempre suja e fedida. Jussara tinha a pele manchada, o cabelo esgadanhado, piolhenta e maltrapilha. E não é que Rosa não fosse asseada e não soubesse cuidar de menino pequeno. Amália ensinou. Tudo ela fazia no maior capricho. Acho que esse era o jeito dela de proteger a criatura do velho. E apanhava, viu, apanhava porque não zelava pela menina.

— Mas a Rosa também desapareceu, don'Ana. Por que ela iria embora sem levar a criança?

— Desapareceu nada. Quem disse? Acharam a Rosa, fia. A Rosa... acharam os pedaços dela. Você não sabe? Encontraram os restos da moça despedaçada numa cova rasa, perto da casa. O corpo do velho retalhado, mas completo sobre a cama. Rosa, não. Rosa foi esquartejada. Por isso é que estou nesse estado. Não consigo desligar. Andam dizendo que foi a menina. Aquele trisco, fia. Como pode? A policial que a levou sentou aí onde você está e me disse como a encontrou.

O piso vermelho craquelado, o quintal que era só lixo e bananeira alta. Lixaiada nojenta de anos: resto de comida, bicho morto, embalagens, preservativo, absorvente usado. O corpinho torto meio escondido pela porta entreaberta, aquela corcunda inconfundível, a cara retorcida, a carne dura que não a deixa erguer a cabeça quando chamam por seu nome. Ei, Jussara, larga isso!, chamava a policial. Diante do corpo retalhado de Tonico, a mulher se deteve sob o batente esperando que as pernas respondessem. Dali, a vista não alcançava mais que as sombras de uma sala desconhecida. Uma umidade se desprendia das paredes e ela achava familiar. Não era cheiro de mofo. Antes, um embaraço de alvenaria que não seca, de construção que nunca termina e deixa na casa esse fedor de fracasso, até quando está limpa. Engastalhou ali, diante do corpo ensanguentado do morto e da frieza espantosa da menina, em pé, diante do velho, esquecida de si. Só largou a arma depois de muitos chamados.

Aos poucos foi voltando ao presente. A cara embaçada foi recobrando as feições de criança. O corpo amoleceu e ela caiu desfalecida. Levaram-na para a cozinha, onde, sentada, olhava para a policial atônita. Não queria falar, nem deixava ninguém se aproximar. Um bicho acuado que abraçava as pernas, trazendo os joelhos para junto do peito, tentando se proteger. Levou horas para conseguir comer alguma coisa e só foi falar depois de dias. Foram pacientes com ela, contou a moça que se sentou bem aí.

Foi ela quem se aproximou da menina e conseguiu ouvir dela uma versão do ocorrido.

— O que ela disse, don'Ana?

Contou que, depois de muito varrer, foi nas pontas dos pés xeretar sobre o fogão o feijão que fervia. Quis provar, mas o barulho a preveniu. Encolheu o corpo retorcido. Tentou virar um tamborete, mas não teve tempo. Os passos do velho se aproximavam. O cheiro do ar ficou ácido, a rabugem o precedia. Ele apontou na porta da cozinha, arrastando as chinelas no piso carmim. Quis saber se já estava pronto e o que tinha para comer. Ela respondeu que quase e destampou a panela para que ele mesmo visse o que fervia. Ele grunhiu e desatou uma bofetada em seu ouvido, emendando que quando ele perguntava, não era pra mostrar, era pra responder. Ela cambaleou com a mão no ouvido e abaixou a cabeça, engolindo o choro para oferecer uma resposta sem a qual ele não arredava.

O mais difícil, contou a menina, era que não podia precisar o instante em que aconteceria, porque nunca havia uma correlação direta com algo que fizesse, algo que pudesse prever e evitar. Às vezes, ele a levantava da cama às cintadas e ela pensava que havia perdido a hora, dormido demais ou deixado alguma tarefa por fazer. Então, ela se erguia e começava a passar o café, via que ainda estava escuro e não compreendia por que, mas esperava a bofetada. Havia dias em que quase passava ilesa. Esses eram os piores. Antes acontecesse logo cedo. Mil vezes o latejar da dor a essa expectativa desgracenta. Não havia meio de Tonico esquecê-la, de deixar de extravasar sua porção diária de brutalidade. O dia não terminava enquanto não a atravessasse. Jussara nunca perguntou a ninguém por que infernos precisava suportar aquilo. Nunca falou sobre isso com a mãe, que praticamente emudeceu depois da fuga do irmão. Rosa ficou seca, uma morta-viva. Não falava nem com a filha.

Jussara disse que, naquele dia, olhando para o velho estirado, viu o próprio corpo projetado entre as sombras da sala. Antes disso, só lembrava de varrer o cimento vermelho, como sempre fazia, esperando pelo pescoção. Varreu cada canto da casa e o tapa não veio. A poeira foi subindo, fazendo uma névoa nos seus pensamentos. Ela esfregava o chão com a piaçava, esperando. A poeira diminuindo. E nada. No começo, ela não lembrava o que aconteceu. Quando olhou pra cama, lá estava o corpo recortado do Tonico. Os talhos na carne lacerada. O sangue escuro empoçado começando a manchar o chão desbotado, entrando nas frestas craqueladas do cimento. Ela olhava a cara do velho e não o reconhecia. Conheceu as roupas, a calça jeans surrada, a camiseta velha que ela mesmo lavava. O corpo, não. Não conhecia aquele corpo aberto e inchado. Aquele corpo estraçalhado sobre a cama em que ela tantas vezes foi obrigada a se deitar.

Não foi à toa que a menina encarquilhou daquele jeito, fia, a mãe a fazia trabalhar duro, pegar muito peso desde cedo. Desde que a Jussara nasceu, e tão logo ficou de pé, a Rosa achou um jeito de trabalhar fora. Decerto não suportava ficar dentro de casa, cara a cara com a menina. Delegou a lida da casa à filha e saía cedo para limpar a igreja e a sacristia. Não sei como Tonico permitiu, só porque era a igreja mesmo. Ganhava uns trocados e voltava a tempo de terminar o jantar. Ela e a filha se desconheceram. Nem vozes, nem passos, nem olhares se cruzavam. Transeuntes dentro de casa, cada uma com sua lida. Transmitiu o que sabia pelos gestos e uns grunhidos de palavras.

No dia em que Jussara foi encontrada diante do corpo do velho, contou que tinha visto, mais cedo, um filete de sangue por baixo da porta do banheiro. Disso ela se lembrava. Quando abriu a porta e se deparou com a mãe ensanguentada, ela só sabia que tinha de se livrar daquela sujeira. Não conseguiu explicar de cara à policial o que tinha se passado. Não ouviu nenhum barulho, nenhum grito. Não soube explicar como a mãe tinha morrido. Se apressou em apanhar os panos, o balde, a faca mais afiada da casa e partir para a lida.

Jussara descarnou a mãe com a habilidade de quem aprendeu com ela a ajeitar o gado abatido para durar o mês inteiro. Ligeira e fria. Extirpou as vísceras, fez força para separar os ossos das articulações difíceis. Depois, separou a carne da manteiga, notou a diferença das fibras, o sentido das nervuras, as capas. Foi assim que ela destroçou Rosa e a descartou em sacos. Exausta, ainda lavou o banheiro e preparou o jantar. Pela primeira vez, estava sozinha. Se sentou na cama torcendo pra que o velho chegasse logo e não a acordasse aos murros. O feijão fervia quando ele chegou trançando as pernas. Melhor assim, que apanhasse logo antes de dormir. Cansada como estava, era capaz de nem sentir.

Não dormiu. Amanheceu sentada na cama, com a claridade fustigando os olhos, ainda aguardando a bofetada que não veio. A panela no fogão estava seca, pretinha. Em tempo de incendiar tudo. Passou o café e caminhou pela casa. A mãe ensacada fedia dentro das sacolas de plástico. Ela demorou a tomar qualquer iniciativa porque sabia que se o velho a surpreendesse mexendo em suas ferramentas a surra seria pior. Chegou na porta do quarto e viu o velho deitado com a pança para cima. Ofereceu café, mas não veio resposta. Chamou de novo e nada. Entrou na penumbra, arrependida no primeiro passo, e se deparou com o corpo retalhado sobre a cama, a boca aberta, o peso sofrível dos ossos. Pelo jeito como estava tombado, parecia que quase não tinha dado para chegar ao colchão.

Não se lembrava do que viu, nem do que fez. Correu pra fora da casa e cavou como pôde o buraco onde jogaria os pedaços da mãe. Sabia que aquilo não estava certo, que a cova era muito rasa e que o cheiro da carniça iria subir e os bichos viriam revirar a terra. Fez o que deu. Limpou e guardou a enxada no lugar. Voltou ao quarto sem tirar os olhos da porta e da janela. Não sabe precisar quanto tempo ficou ali no escuro do quarto, olhando para o corpo sobre a cama e o machado no chão.

O estrondo na sala fez seu corpo se eriçar. Jussara era só coração. Teve medo de que alguém escutasse as batidas. Não houve nada de covarde na decisão de conter a respiração, acarinhar o gato que se enroscava em suas pernas e não responder ao chamado. Pensou na dor a que estava habituada. Deu um passo pra trás, agarrou a arma e levantou os braços acima da cabeça, sustentando o machado. Engoliu a golfada de saliva que desceu espessa e tinha gosto de murro. Sentiu a inhaca do velho empestear a casa. Ouviu os passos se aproximarem e, antes que desferisse o golpe, foi despertada pela voz da policial.

— Fia, tudo bem? Passo outro café?

— Não, don'Ana, obrigada. Estou em choque, não sabia de nada disso.

Jussara foi liberada depois do depoimento. Geraldo contou que, mesmo sendo a principal suspeita, não podia ficar na delegacia. A delegada deu ordem para ficar em casa, deixou um cabo vigiando dia e noite aí na porta e me pediu pra levar comida pra ela. Perguntou se eu fazia comida em casa, se não me importava de levar e, qualquer coisa estranha ou diferente, que eu avisasse na delegacia. Assim eu fiz até hoje cedo. Deixei um pão com ovo mexido e uma caneca de leite com café. Vou lá três vezes no dia. Não entro na casa, só espio como ela está e pergunto se precisa de alguma coisa. Ela nunca me encara. Arredia feito bicho do mato, balança a cabeça de um lado pro outro, como quem diz querer nada. Come e deixa as vasilhas limpas na porta. Dia sim, dia não, uma viatura estaciona aí e leva ela pra conversar com a delegada. Hoje levaram ela de vez. Parece que vai pra uma instituição pra menores, sei lá onde. Geraldo disse que Jussara se lembrou de tudo e confessou os crimes. Não foi ninguém mais que matou a mãe e o velho. Foi ela.

— Que foi, fia? Cê tá branca... Toma aqui um pouco de água.

Outro caso da vara

Oi, Socorro,

Tudo bem por aí, minha irmã? Como está a mãe, melhorou daquela tosse? Ainda bem que esquentou um pouco, essa geada da semana passada não deve ter feito bem pra ela. Espero que esteja tomando aquele açafrão com mel que a Diná mandou. Eu melhorei demais com ele.

As coisas por aqui estão meio esquisitas. Estou pensando mesmo em voltar. Não queria abandonar a faculdade agora, faltando menos da metade para terminar, mas do jeito que está, não estou aguentando. Sábado passado foi aniversário da Maitê. Tenho muito apego pela menina, que só me chama de tia e é uma graça, carinhosa, bonitinha e, mesmo quando faz manha, é divertida. Às vezes, olho para ela e penso que é tão bebezona... principalmente quando lembro que a Julinha, com a idade dela, já fazia até ovos mexidos. Perto da gente, na beira do fogão, e sempre ajudando com uma coisa e outra, foi aprendendo, né, irmã? Acho importante aprender a fazer as coisas, mesmo quem tem grana devia. Uma hora precisa se virar, cadê? Depender dos outros para tudo é o fim.

Gosto da menina e gosto da patroa também. A Diná é uma mulher animada, ri, fala alto. Grandalhona, tem esse jeito estabanado que vai arrastando as coisas por onde passa, brinca com todo mundo... briga também, é verdade, mas não é mal-humorada. Na mesma hora em que fala uma coisa meio atravessada, chamando atenção, já solta uma risada e está tudo bem de novo. A gente vê que ela não guarda mágoa, mas quer tudo na mão, na hora, não pega uma água sozinha. A menina vai pelo mesmo caminho, como não?

O que acho estranho é o casal. Já falei sobre isso com você, parece que não ornam. E a forma como se tratam... É um negócio tão esquisito isso de chamarem um ao outro por mamãe e papai, mesmo quando os filhos não estão por perto. Sei lá, não sei explicar, sempre me soou tão bizarro. Parece que nunca fazem nada juntos, quando saem é com a família toda para um jantar na casa de um cliente dela ou da família. Nunca vi organizarem uma viagem, só os meninos viajavam com o tio, quando era vivo.

O Zé é um cara meio sumidão, perto da Diná ele desaparece. Magro que nem um varapau, tem um nó imenso no gogó e um tique que faz a gente ter aflição de conversar olhando para ele. Eu tenho. A Eunice, que está aqui desde que os meninos nasceram, diz que não, que é bobagem minha, que o patrão é um cara legal. Engraçado até. Uhum... Não acho graça nenhuma, irmã. Para mim, é só um Zé-ro à esquerda mesmo, como diz a tia Naná da gente que não fede, nem cheira. Ele está sempre em casa, mas a gente nem vê o homem. Vive entocado no escritório. Só quem costuma ir lá para limpar é a Eunice. No fim de semana, ele até sai com os meninos, costuma levá-los ao clube para jogar tênis, nadar... E eles também têm uma história de sair para caçar morcegos à noite. Faz anos. Os meninos gostam. Gostavam mais quando iam com o tio, diz a

Eunice, e se persigna toda vez que fala no homem – Deus o tenha!, ela acrescenta. Foi ele, o tio, quem inventou essa brincadeira para distraí-los. Mesmo sem ele, e como que em sua homenagem, continuam fazendo caçadas noturnas. Muitas vezes, convidam amigos para dormir aqui e saem de bando pelas ruas do bairro, agitando as varinhas para desnortear os bichos nas copas das amendoeiras.

A Maitê fica emburrada, quer ir junto. Diná costuma chegar cansada da Caixa, onde trabalha, toma um banho demorado, janta com a filha e vai para o quarto assistir à novela. Acompanhamos de longe, Maitê e eu, a arrumação entusiasmada das tralhas, toda a animação dos seus irmãos. Ela, que geralmente é muito mimada pelos pais por ser a caçulinha da casa, fica se sentindo de lado. Deixa eu ir com vocês, papai – pede miando toda vez. Ele, então, segura seu queixo, fazendo um beicinho debochado e dizendo que ela tem que dormir, que pode comer uma sobremesa antes, mas vai ficar com a tia, porque essa caçada é perigosa para uma menininha. Já cheguei a me oferecer para ir com ela, mas não deixaram de jeito nenhum. Esse é um programa só dos meninos. Ela fica comigo na janela, toda chorosa, vendo a garotada sair alegre com o Zé-ro para a caçada.

No último sábado, aniversário da pequena, foi aquela algazarra: corre daqui com bolo, cachorro-quente, enrola brigadeiro, enche bexiga... Depois, vem aquela meninada correr pela casa, uns ficam para dormir e a bagunça continua no domingo. Não tem descanso, muito menos estudo. Fico exausta na segunda. Morar no trabalho é fogo, irmã. A gente não tem privacidade, nem hora para nada. O tempo é dos donos da casa. E dos convidados, claro, quando é dia de festa.

Como sempre, eu estava por conta da criançada que já tinha pegado fogo de tudo que era jeito e resolveu ir para o quarto abrir os brinquedos e jogar. Fui até a cozinha pegar uns pratinhos de salgado e refrigerante para a turminha. Quando voltei, o quarto cor-de-rosa e branco, cheio de babados e frescuras estava escuro e mergulhado em silêncio. Só um abajur que havia sido colocado no chão, perto da janela, iluminava os rostos das crianças sentadas em volta da mesinha redonda que ficava na cabeceira da cama de Maitê. No centro da mesa, o copo.

Nunca vi um negócio daquele, devia ter umas oito, dez crianças de idades diferentes, algumas se agarravam às almofadas e se encolhiam, umas roíam as unhas e outras se faziam de destemidas, como era o caso dos gêmeos, irmãos de Maitê, que sempre começam essa brincadeira do copo quando ficam entediados e sem opção de sair. A Maitê se embaraçou nas minhas pernas e pediu, tia, fica aqui comigo. É sempre assim, ela quer acompanhar os irmãos que a sacaneiam o tempo todo e me usa de escudo. Para tudo que eles inventam, eu tenho de estar junto, só assim a dona Diná permite que ela participe também. Agora, imagina as enrascadas, mana, eu tendo de participar de tudo que é presepada de menino crescido, fazendo cara de paisagem. Não aguento mais isso. Eles são loiros, lindos, mas uns babacas. Outro dia, no banho, não surpreendi as pestes me espiando da janela que dá para o quintal? Tive que improvisar uma cortina com lençol. Ô miséria, viu?!

Enfim, nunca tinham deixado a Maitê participar dessa história de "copo". Acho que até eles têm medo de mexer com essa coisa de espíritos. Eu sempre achei ótimo que não deixassem, porque assim não precisava me envolver. Nessa noite, foi Maitê quem implorou. Porque era seu aniversário, achou que teria chance de os irmãos consentirem. E assim foi, viram nesse pedido uma oportunidade de se divertirem às custas do medo dos menores e toparam armar o circo. Vi quando Maitê puxou a amiguinha de lado e explicou para ela o que se passava nessa brincadeira, fingindo costume. Então, você nunca viu os espíritos falarem, Fefê? É sério, a gente pergunta e o copo anda na mesa, eles respondem! Mas tem que ser uma pergunta verdadeira, não é, Chris? Tem que ser.

E com essa deixa, o irmão começou a explicar e demonstrar para a plateia as regras do jogo: não pode ter medo, que eles não vêm. Não pode desistir no meio, nem falar, que o copo quebra. Não pode rir, nem contar para os adultos, que o espírito pode perseguir a criança e a sua família para sempre. Alguém quer sair agora?, perguntaram os gêmeos artistas. Se alguém for sair, tem que ser agora, depois que começar, não será permitido. E o silêncio curioso falou mais alto.

O jogo começou quando o outro irmão fez a pergunta de sim e não, tentando saber se já havia um espírito a postos. Começou a dizer nomes de familiares que já tinham morrido e, quando falou o nome do tio Cláudio, o copo se moveu. O copo se moveu que eu vi. Eu vi, Socorro, com meus próprios olhos! As crianças se assustaram, suspiraram e soltaram gritinhos, mas os meninos fizeram com o dedo na frente da boca que se calassem e continuaram a perguntar. Todos prenderam a respiração e se encolheram. Nessa hora, a Maitê subiu no meu colo, ficou pregada no meu cabelo, tremendo. As perguntas não pararam e me lembro de o copo passar a se mover com mais agilidade.

Os gêmeos eram loucos com esse tio, estavam sempre com ele nas aventuras ao ar livre que propunha. Foi uma perda terrível para eles, ainda bem que não estavam juntos nessa última viagem. Depois que perderam o tio, o pai teve que sair mais da toca para estar com os filhos. É por isso que de uns tempos para cá fazem tantas caçadas.

Não sei se Maitê me agarrava ou se eu é que me segurava nela. Fiquei tão apavorada que já não conseguia ouvir mais nada. Perdi os sentidos, fiquei muito zonza. No fundo da cena, via os dois meninos agitados, falando com o copo, e os pequenos se levantavam e corriam para a porta, apavorados, querendo sair. Alguns choravam alto, mexiam no trinco, enquanto os gêmeos transtornados berravam, com o copo sobre a mesa, para que as crianças ficassem quietas e se sentassem. O copo, que não parava de se mover, trincou e partiu derramando a água. A Maitê começou a chorar e gritar: tia, faz alguma coisa, tia, pede para eles pararem. Tia, tia, por favor! Foi horrível presenciar aquilo, eu não sabia o que fazer. Os sacolejos e os gritos da menina me fizeram recobrar a consciência, parece que consegui sair do fundo de mim. Coloquei-a de lado e me levantei acendendo a luz. Chega!, berrei. Chega, vamos acabar com isso agora!

Os dois garotos estavam vermelhos de ódio, transtornados. Chutaram a mesinha, pisaram nos brinquedos novos da Maitê, destrancaram a porta e saíram bufando do quarto. Os pequenos choravam. Maitê gritava, mais pelos brinquedos que pelo susto. Antes de sair, o Christian chegou bem perto da minha cara e, me chamando de cretina, juntou a mão na minha gola e perguntou se eu sabia, se eu sabia de tudo. Sabia de quê, meu Deus?! Juro que não entendi o que se passou, Socorro. Me solta! e Sai daqui!, foi o que consegui dizer. Tia, vai acontecer alguma coisa terrível?, quis saber a menina. E fiquei eu ali, sem água com açúcar para me recompor e com aquelas crianças todas para acalmar, antes de voltar à sala para cantar os parabéns sem que ninguém percebesse nada do que se passara ali.

Papai, cadê os meninos? Vá chamá-los, ordenou Diná. Está na hora de cantar os parabéns.

O marido, como sempre, obedeceu. Subiu as escadas para chamar os filhos, esmurrou tanto a porta, que ouvíamos lá embaixo, mas eles não desceram. Diná, possessa com a falta de consideração dos filhos e com a pasmaceira do marido, entoou os parabéns mesmo assim e a festa seguiu. Os gêmeos ficaram trancados no quarto até o outro dia, quando a mãe decidiu conversar com eles após o café. Abriram a porta e disseram a Diná que estavam bem, que tinham ficado cansados das crianças, passaram muito tempo com aquelas criaturas e queriam ficar na deles. Era só isso. Embora a mãe achasse inadmissível que tivessem perdido os parabéns da irmã, entendeu que era enjoo de adolescentes e que precisava ser paciente. Que tudo bem, mas agora saíssem do isolamento e fossem tomar café com a irmã que estava bem triste com eles.

A semana transcorreu sem novidades. Maitê ficou abatida, teve febre, mas não falou nada com ninguém a respeito da cena, pois temia que os irmãos a deixassem de fora da próxima rodada. Na sexta, tinha caçada e os irmãos não quiseram convidar amigos para dormir em casa. Seriam só eles e o pai. No começo da noite sem lua, os três pegaram suas varinhas de desnortear morcegos e saíram após o lanche. Eu tinha aula, não estava com a Maitê para consolá-la quando deixaram a casa. Ela ficou com a Diná e com a amiga, Maria Fernanda, que tinha vindo para dormir.

Por volta das dez, eu voltava da aula que terminou um pouco mais cedo. Desci no ponto perto de casa e ia caminhando a pé, quando ouvi uns gritos nas ruas acima. Eu ouvia uns zunidos no ar e umas chibatadas seguidas de uns gritos de dor. Alguém pedia para parar e outros gargalhavam. O que parecia ser uma brincadeira começou a soar diferente. Peguei uma pedra solta no meio-fio e fui na direção das vozes, que ficavam mais altas à medida que eu caminhava pelas ruas da vizinhança de casas grandes e muros altíssimos.

O senhor não é o Batman?, e dá-lhe chibatada. Não é o doidão da capa preta?, dá-lhe mais. Vai trair a mamãe de novo, desgraçado?, zum e zum. Gosta de comer a empregada enquanto a mamãe trabalha, né? Canalha!, e dá-lhe coça de vara no pai magricelo que implorava para os filhos pararem. Fiquei na esquina, onde estava. Assisti aos dois marmanjos espancarem o pai com vara de desnortear morcego. Depois, passaram a socos e pontapés até o homem cair no chão, desacordado. Horrível, Socorro. Foi a coisa mais horrível que já presenciei. Quando terminaram, pegaram o pai, passaram os braços dele em seus pescoços e, um de cada lado, o arrastaram até a casa.

Dei mais um tempo na esquina, minhas pernas bambas não queriam se mover. Era tarde, larguei a pedra e segui andando a passos largos no rumo de casa. Uma casa branca, tão grande, Socorro, cheia de pilares, grama verdinha. Eunice trabalha aqui desde que os meninos nasceram. Será que ela e o patrão têm um caso desde essa época? Será que foi sobre o caso deles que o fantasma do Cláudio falou para os meninos naquela noite e, por isso, eles acharam que eu estava por dentro de tudo? Meu Deus, nem sou amiga da Eunice, nem dou ouvidos a fofocas! Será que dá para acreditar no copo, gente? Que doideira! Essas perguntas ficam tocando de roda na minha cabeça. Não tenho sossego.

Entrei em casa logo depois de terem jogado o pai no sofá da grande sala. O homem todo estropiado, sangrando pelo nariz, e os dois rindo na cozinha, tomando sorvete. Notaram quando passei pela sala:

Viu aí, tia? Papai foi caçar e encontrou o Batman, zombou um deles, e os dois caíram na gargalhada.

Dá para acreditar numa coisa dessa? Os meninos estão com dezesseis anos, quase dezessete. A Diná trabalha feito uma condenada... Olha, não sei quem é esse homem, o que ele faz ou deixa de fazer da vida. O que sei é que não poderia deixá-lo ali todo arrebentado na sala. Tomei coragem e passei pelos moleques. Fui buscar uns panos na área de serviço e chamar a Eunice para me ajudar. Ela veio do quarto sonolenta e passou por eles na cozinha, que a intimidaram com o corpo e a xingaram muito. Eu a esperava no corredor e, antes que ela chegasse na sala, meti a mão na sua boca empurrando de volta o grito antes que saísse e acordasse a patroa e a menina. Com a boca tampada, me arregalou os olhos inquiridores, ao que respondi com a cabeça: sim, eles sabiam. Uma lágrima correu de cada lado do seu rosto, molhando minha mão. Confesso que me deu um nojo, irmã, mas esperei que se recompusesse para me ajudar com a limpeza daquela lambança.

Ficamos as duas em silêncio esfregando o sofá branco e o tapete claro a ver se limpávamos as nódoas vermelhas. Depois, arrastamos o traste para o sofá do escritório. Já estava me sentindo cúmplice dessa merda toda e lá mesmo falei: minha parte se encerra aqui, Eunice, agora se vira com o seu patrão, que eu vou dormir. Ela abaixou a cabeça assentindo e, quando saí, os dois já tinham subido. Fui para o quarto e vomitei as tripas. Claro que não dormi. Não suporto mais ficar nessa casa, minha irmã. A gente sai do interior para ver se melhora de vida e olha onde vem parar.

No feriado estou aí, não vejo a hora. Você que é sábia, pense e me diga: saio agora ou espero passar essa presepada? Olha, que é caso de polícia, Socorro, e não tenho nada a ver com isso para me afundar.

Beijos em você, na mãe e nas meninas. Cuidem-se, minhas queridas!

Fátima

Kido

É domingo e passa da meia-noite. Tenho essa pilha de trabalhos para corrigir e não preparei a aula de amanhã. Precisava tanto descansar, mas sem chance conseguir dormir agora. Acabo de vir da delegacia e tenho de escrever esse embrulho no estômago, esse descolamento que me faz ter as costas na parede para ver se paro de cair. Uma taça de vinho talvez ajude a destravar a mão para começar. Depois, é ter coragem de me entregar ao sono. Só deito quando tiver certeza de que vou apagar. Tremo dos pés à cabeça, exposta ao horror do que não se passou comigo e trago, como se faz com cigarro. Escrevo para tentar me afastar desse despenhadeiro.

Viver no Marista é uma escolha. Quem não sonha viver bem, em um bairro arborizado, bem localizado, com casas bonitas e jardins bem cuidados? Morar em um condomínio fechado, porém, não fazia parte dos planos. Foi uma escolha forçada e entrou no pacote de prudência que tive de aceitar por ser uma mulher vivendo sozinha em uma casa no meio de uma capital violenta. Gostaria de não estar submetida a essa espécie de comunidade que se constitui em torno de uma piscina com churrasqueira e um conjunto de quadras esportivas. Há anos não como carne e sempre fui péssima com jogo de bola. Além do que, preferiria estar a uma distância maior das pessoas. Ou, ao menos, dessas pessoas de quem me avizinhei.

Acontece que tem o dia a dia, as reuniões infinitas da universidade, as aulas, a livraria e esse trânsito infernal. Depois que me separei, procurei um lugar menor, mas não quis renunciar às plantas e a um naco de céu para trabalhar à noite e aos fins de semana. Não atentei muito para o churrasco de sábado dos vizinhos, nem para a fila de casas geminadas, com paredes emparelhadas, e, menos ainda, para o fato de que gente por perto não é sinônimo de segurança.

Acabo de vir de Aparecida de Goiânia, onde Lia mora. Lia é a diarista que trabalha para mim há oito anos. Ela vem limpar a casa e cuidar das roupas uma vez por semana. Sei que de vez em quando ela trabalha em outras casas do condomínio, mas não sei dizer em quais, nem de quem. Pouco sei a respeito da gente que mora por aqui: um ou outro nome, fisionomias que vejo mais nos jornais do que em nossa área comum. Se há uma coisa de que tenho horror são essas teias de fofoca, patroas contra empregadas, empregadas contra patroas, que fazem desse lugar um feudo de mexericos. Pavor de imaginar minha intimidade exposta no enredo dessas conversas maledicentes. Fico sempre me lembrando da aula em que um professor da faculdade, analisando um folhetim, alertou sobre a exposição de quem confia a casa, a comida e as roupas ao cuidado de outrem. Pronto, minha letra voltou a borrar. Preciso deixar essa borda. A verdade é que nunca sei se escrever me faz estabilizar ou continuar a cair. Pelo sim, pelo não, seguro a caneta reta como quem se apoia numa estaca.

Pensar sobre aquilo que disse o professor me fez decidir que, mesmo precisando e querendo ajuda para remover o pó da semana, ninguém abriria minhas gavetas, ninguém colocaria a mão na minha roupa íntima. É um esforço de me preservar. Um esforço e uma ilusão de controle, eu sei bem. Lia e eu nos damos bem, mas não é porque, nesses oito anos de ela trabalhando em casa, eu a considere "como se fosse da família", nem porque ela me tome como uma amiga. Nos damos bem e isso basta.

Há pouco, quando voltávamos da delegacia e eu a deixava em casa, fui entendendo o quanto ela está mais ciente do que eu das coisas que se passam no lugar onde moro. Ouvi de sua boca coisas estarrecedoras sobre meus vizinhos. Só conseguia pensar que minha misantropia, ao mesmo tempo em que me preservava dos acontecimentos desprezíveis, também me colocava em risco. O risco de estar sempre encantoada, com a cara metida nos livros, pulsando em outra esfera.

Já passava das onze horas quando saímos da delegacia, onde Lia prestou depoimento para ver se livra das grades a sua amiga, Dalva, que também trabalha em uma casa aqui no condomínio. Conheço Dalva, sempre vejo as duas irem embora juntas. Acho que ela também mora lá para os lados de Aparecida. Lia comentava por alto que havia algo de errado na casa onde Dalva trabalhava. Esboçava sua tristeza com um suspiro. De minha parte, não estiquei a conversa. Se ela quisesse falar, que falasse. Eu que não ia estimular fofoca sobre vizinhos na minha casa.

Não é o que penso agora. Agora, sinto um profundo arrependimento de não ter dado espaço para ela desabafar. Nem sei se teria falado, Lia é muito discreta. Não importa. Sinto uma vergonha tremenda por não ter me disposto a ouvi-la. Talvez bastasse, sem perguntar nada, mostrar-me receptiva ao alívio daquela angústia que ela trazia estampada na cara. Acho que vou aqui me desmentindo e contando para mim mesma que a cordialidade pode ser uma violência meio enfeitada. Nem sempre basta. O fato é que a letra já sai melhor, voltou a se endireitar. E minha mão canhota se horroriza com esse verbo.

Houve um dia em que cheguei mais cedo em casa e surpreendi Lia e Dalva conversando na cozinha. Não era bem uma prosa corriqueira. Foi tão constrangedor, porque havia um cheiro azedo no ar e Dalva estava sentada com os cotovelos na mesa e a cabeça baixa entre as mãos, soluçando alto como uma criança. Achei repulsivo. Sim, já que parti para a confissão, foi isso o que senti quando vi aquela mulher se desmanchando no meio da minha cozinha, uma repulsa e uma irritação por ter meu espaço invadido. Segurei minha onda. Tentei ser gentil, mas é claro que perceberam. Perguntei se estava tudo bem, deixando-as mais desconcertadas. Lia desconversou dizendo que sim, só precisavam tomar um ar, e saiu arrastando para fora de casa o corpo grande e desfeito da amiga.

Lia me contou há pouco que aquele dia teve de limpar a cozinha duas vezes, porque Dalva não parava de vomitar contando o que se passava na casa onde trabalhava. Estava tão desesperada que não conseguia ver saída para a trama em que se envolvera. Pediu a Lia que não dissesse nada para mim, nem para ninguém, e que estivesse ali para ouvi-la. Alguém precisava saber o que acontecia naquela casa e, caso alguma coisa viesse à tona, que Lia se comprometesse a contar a verdade em seu nome.

Lia começou dizendo que o que a fez confiar em Dalva foi o fato de ela ser filha de Nanã. Sei que Nanã é um orixá, mas não entendo o significado da filiação. Morro de medo dessa conversa de entidades. Deixei que Lia falasse. Estava abalada com o depoimento que acabara de prestar e falava feito uma metralhadora em modo automático, como se precisasse dizer o que não cabia na delegacia. Ela me disse, entre tantas coisas, que filhas de Nanã são sábias porque essa entidade é uma anciã. É uma entidade cosmogônica que viu o mundo se fazer do barro e da água. Disse que Nanã é mulher-avó, cuida dos umbrais escuros e úmidos, molda os corpos na lama. E porque tem parte com a vida e com a decomposição, Nanã é quem cuida do comércio entre vivos e mortos, conhece o tempo e o lugar de toda coisa na folia cósmica. Achei bonito e um pouco sombrio. Mas era por isso que, na cabeça de Lia, o que Dalva havia feito pela menina era justo e era amor.

A essa altura da narrativa, eu tremia feito vara verde dentro do carro com aquelas histórias de outro mundo sob uma chuva torrencial de novembro, tarde da noite. Nem nos meus piores pesadelos reúno tantos elementos atemorizantes. Dirigia devagar porque, além de tudo, em noite de chuva a miopia não colabora. Ligando os desembaçadores percebi que estávamos perto da baixada do Parque Amazônia, que fica completamente inundada quando chove forte daquele jeito. Só piora a cada ano que passa. Propus a Lia que parássemos na loja de conveniência do posto que fica antes da baixada para comermos alguma coisa e esperarmos a chuva arrefecer.

Pegamos um café terrivelmente doce. Para mim, um pão de queijo murcho e, para ela, uma pamonha fria do cantinho da estufa. A Lia devorava a pamonha, mas nem por isso parou de falar. O que ela estranhou, no princípio da amizade com Dalva, é que a amiga se exasperava muito ao falar da menina que apareceu na casa, e se exasperar não é exatamente o comportamento esperado de uma filha de Nanã. Uma filha de Nanã é calma e reservada. Sabe agir com disciplina e exige muito dos outros, mas mais ainda de si. Dalva se mostrava aflita desde a primeira conversa, mas não se abria. Aos poucos é que foi dizendo sobre a chegada de Stefany, que ela teimava em chamar de Kido. Contou que o patrão a trouxera de uma pescaria que fez para os lados de Barra do Garças, dizendo que a havia encontrado sozinha e perdida perto do acampamento na beira do Araguaia.

Dalva sempre havia considerado aquela história muito mal contada. Onde é que já se viu achar uma menina assim? É claro que tinha uma família e que alguém naquele fim de mundo devia saber o paradeiro dos seus parentes. Alguém podia ajudar a encontrar a família da bichinha, bastava ter procurado direito. Ele dizia que tentou conversar com a menina várias vezes e, como ela não respondia, resolveu por bem não a abandonar às onças que por ali rondavam. Ia ver se a esposa queria ficar com ela para trabalhar em casa, caso contrário, procuraria um orfanato.

Como a menina não falava com eles e sequer respondia quando perguntavam seu nome, passaram a chamá-la de Stefany. Andrea, a dona da casa, foi quem deu o nome e decidiu prontamente que a menina ficava, que ela tinha boa compleição, que ela precisava de um manequim para as roupas infantis de sua confecção, que ela não falava e não atrapalhava, que estava mais que decidido. Mandou logo ajeitar o quartinho do fundo, entulhado de brinquedos, eletrodomésticos estragados e tralhas de pesca do marido, e mandou trazer uma cama velha da fazenda. J. Mariano, o marido, não fez qualquer objeção a ficarem com a menina, mas não abriu mão do espaço de guardar sua tralha de pesca, de modo que Stefany teve de se acomodar na edícula entre as varas e os coletes alaranjados com cheiro de peixe.

Foi Lia quem lembrou que Andrea, a patroa de Dalva, é empresária do ramo da moda. Tem uma confecção, cuja fábrica fica no presídio, e uma loja onde lança seus modelos a cada estação. Sei onde fica a loja, é aqui mesmo no Marista, perto do condomínio. Às vezes, passo na porta e entendo como a cafonice pode ser alçada a patamares inimagináveis. Andrea é considerada um *case* de sucesso no mundo *business* da capital. É desses casos de superação que o povo ama e servem como uma luva para o conto do vigário da meritocracia. Alguém que veio "do nada" e "se fez" sozinha. Já ouvi dizer que, nas palestras que ela faz por aí, conta que a mãe a prostituía desde menina e que fugiu da cidadezinha onde morava pedindo carona na estrada com mais duas meninas. Vai saber.

Além do casal, dois filhos moram na casa. Lia conhece o primogênito por Neto. Ele estuda Engenharia para assumir a construtora do pai e do avô. Pedro, o caçula, está começando o Ensino Médio em uma dessas escolas que preparam os meninos para serem médicos antes mesmo de entenderem o que é uma universidade. Os pais acham que o menino não leva jeito para a engenharia, a ideia é mandá-lo para estudar Medicina em São Paulo, de preferência no interior, onde eles têm parentes.

Dalva acreditou, no começo, que seu emprego estava ameaçado, que queriam substitui-la pela criança que chegava. Essa coisa calhorda e banal de não pagar aos empregados o que é de direito e não ver problema em explorar o trabalho infantil sob o pretexto de dar pouso e comida. Sairia muito mais barato e, pelo que ouvia dos patrões acerca dos outros empregados, tinha muita lógica esse seu raciocínio. Acontece que não foi bem assim. Andrea não pedia a Dalva que ensinasse a Stefany nada dos afazeres domésticos. Apenas perguntava se a menina estava comendo e se tinha falado alguma coisa sobre a família. Isso era o mais próximo que chegava da menina.

Dalva só começou a suspeitar de que havia algo de errado acontecendo quando chegou um dia mais cedo e ouviu uns gemidos vindos de fora da casa, aparentemente da edícula. Grunhidos de animal atordoado. Dalva tentava rastrear o som, quando viu Andrea sair do quartinho de Stefany segurando um monte de roupas e o ferro de passar. Andrea notou a presença de Dalva e cruzaram de relance os olhares. Uma tentando entender o que se passava, enquanto cuidava da pia cheia de louça na cozinha, e a outra, ainda de camisola, atravessando o pequeno corredor que ligava a edícula à casa. Andrea apressou o passo e foi direto para o quarto se emperiquitar para o trabalho. Dalva continuou a lavar a louça da noite anterior e a preparar o café da família, com os ouvidos atentos aos gemidos que, mais baixos, continuavam vindo do lado de fora. Dalva pôs a mesa e saiu para o quintal.

Foi por pouco que não desmaiou quando abriu a porta do quartinho e viu a menina toda molhada, mijada até os pés e dependurada pelos punhos por um fio de extensão. Com as pernas bambas, Dalva se aproximou da criança que a olhava com pavor, chutando o ar com o resquício de força que tinha, tentando afastá-la. A mulher espalmou as mãos de longe pedindo calma, dizendo que não a machucaria. Foi respirando, pedindo forças e começando a murmurar a melodia que lhe era soprada de longe. Uma melodia serve de estaca? Só começou a se aproximar bem devagar quando a menina parou de espernear. À medida que chegava perto, falava manso, pedindo calma e repetindo que não a machucaria. A menina foi se aquietando e, apesar dos olhos esbugalhados, permitiu que Dalva chegasse.

Mais perto da criança, Dalva teve outro golpe de assombro ao ver as queimaduras nos bracinhos e nas coxas de Stefany. A pele frita no formato da ponta do ferro de passar. Dalva disse que não sabe como controlou a náusea, mas deu um jeito de, primeiro, soltar os punhos amarrados e presos na minúscula janela basculante. Depois, só se lembrou de aparar a menina que despencou nos seus braços. Segurando-a como um bebê, olhou dentro de seus olhos como se quisesse entrar por eles e fazê-la entender que não lhe faria mal. Voltou a murmurar a melodia para que a menina se acalmasse e a deixasse cuidar das feridas. Não sabe por quanto tempo embalou a criança aquele dia. Ficou ali cantando e deixando-se estar como quem passa um remédio. Só despertou com a voz do menino mais novo perguntando se não tinha leite para esquentar.

Depois de limpá-la, Dalva a colocou na cama, voltou à cozinha para cuidar de seus afazeres e saiu mais cedo do trabalho. Não havia mais dúvida quanto ao que a menina fazia ali naquela casa. Seu corpo frágil estava destinado ao sadismo da patroa. Em casa, Dalva preparou um unguento para as queimaduras da menina, com a babosa e o piracá que tinha plantados no quintal. Chegou cedo no dia seguinte para cuidar dos ferimentos da garota e estranhou que a luz do quartinho estivesse acesa e houvesse movimentos. Não ouvia gemidos, nem nada. Lavou a louça, vigiando a movimentação. Instantes depois, Andrea saiu, meio descabelada e de camisola, olhou para a janela da cozinha e encarou Dalva, levando o indicador à boca como quem exige sigilo. Apontou com o mesmo dedo para o quarto da menina como se dissesse à empregada: Se vira! Andrea tinha um riso asqueroso nos lábios e, apesar de estar descabelada, sustentava a pose altiva. Saiu apressada para tomar seu banho e se montar para o trabalho.

Dalva foi correndo acudir Stefany e levou o emplasto que havia preparado. Da porta, viu que a menina dormia tranquila como uma criança bem cuidada. Dalva se aproximou, a menina dormia um sono de pedra. Parecia sedada. Ao lado da cama, havia três vestidinhos montados no alfinete e dobrados sobre uma cadeira. Dalva começou a passar o emplasto nos ferimentos da menina, que resmungava com a boca mole de quem está dopada, deixando entrever algo em sua boca. Algo como uma massa branca, como um vestígio. Dalva não sabia o que era.

Pensou em pedir as contas, mas não seria capaz de abandonar a menina naquela casa, com aquela doente. Pensou em denunciar a patroa à polícia, mas Andrea saberia que foi ela. Será que o marido e os filhos sabiam o que estava acontecendo ali? Será que se importavam? Se quisessem, essas pessoas tinham recursos suficientes para mover mundos contra quem os delatasse. Dalva estava perdida. Sua única certeza era que não podia abandonar a menina nas mãos daquela gente, nem ficar assistindo a toda aquela crueldade em silêncio. Andrea começou a enredá-la em seu fetiche maligno, a comprometê-la e a contar com ela para limpar cena do crime.

No dia em que surpreendi Lia e Dalva na cozinha da minha casa, surgiu a possibilidade de intervir. Lia contou que depois de ter tomado parte em uma cena de terror, Dalva saiu vomitando, se descabelando e gritando que não aguentava mais. Como era dia de semana, meio da tarde, no condomínio não se comentou o escândalo da empregada. Foi Lia quem a encontrou nesse surto deplorável e a trouxe para dentro de minha casa, tentando acalmá-la. Nesse dia, Lia ouviu da boca de Dalva alguma coisa do inferno que se passava naquela casa e que ela suportava, com muito desespero e culpa. Dalva contou das torturas e disse que estava envolvida, porque não conseguia abandonar Kido e tinha medo demais da patroa. Não havia cálculo possível depois de tudo o que testemunhara.

Pouco antes de sair urrando pelo condomínio, Dalva descobrira o que era o vestígio na boca de Stefany. Eram restos de uma massa odontológica que Andrea usou para fazer um molde que enfiava na boca da menina antes de começar a torturá-la. Assim, abafava os gritos e, sem alarmar a vizinhança, podia violentá-la à vontade, a qualquer hora do dia ou da noite. Dalva soube disso porque teve de segurar o corpo de Stefany entre suas pernas e manter sua mandíbula cerrada enquanto a patroa arrancava as unhas da criança, uma a uma, com um alicate. Stefany desmaiou várias vezes e Dalva começou a vomitar e gritar cada vez mais alto em um surto de pavor. Andrea estapeou sua cara, ordenou que saísse dali e parasse de berrar. Dalva largou o corpo desmontado da menina e correu para fora da casa, não conseguia parar de gritar.

Foi assim que Lia a encontrou, imunda e aturdida. Lia a trouxe para a minha cozinha, deu-lhe água e disse que ela precisava fazer alguma coisa. Ouvindo Lia, o semblante de Dalva foi se transformando. Seu rosto parecia uma janela se abrindo, alguma coisa aconteceu dentro dela enquanto a amiga falava. Mas Lia não achou que ela tivesse escutado nada. Terminou de beber a água e se apressou em voltar para acudir a menina que deixara nas mãos de Andrea.

Andrea havia saído de casa e Kido estava sozinha e ensanguentada, encolhida no canto do quarto escuro. Antes de entrar, Dalva começou a murmurar a melodia que cantava enquanto cuidava dos ferimentos. Abriu a porta devagar e disse que era ela, a mana, só a mana. Entrou cantando e mostrando nas mãos os unguentos e os farrapos com que pretendia limpá-la. Dalva pegara umas drogas no banheiro de Andrea: Zolpidem, que fazia a patroa passar a manhã toda na cama quando o tomava para dormir, e uns analgésicos do J. Mariano, que eram mais fortes porque ele sofria de crises agudas de cólica. Dalva deu os comprimidos para Stefany e começou a dispor as bandagens e as bacias no chão, em volta da menina, sem parar de cantar. Quando pausava um instante, era para olhá-la nos olhos e dizer: mana, apontando para si, mana vai cuidar de você, ao que a menina exangue tentou revidar com o mesmo gesto voltado para si, Ki-do, Kido. Dalva se aproximou e ficou ali com ela repetindo os gestos e rumorejando a canção até perceber que seu corpinho relaxava e começava a se entregar ao sono das drogas.

Dalva terminou a arrumação das coisas ali perto, trancou a porta e acendeu uma vela. Revirou as caixas de J. Mariano, de ferramentas e de tralhas de pesca. Pegou o que precisava e se sentou com o corpo de Stefany no colo. Dalva nunca parava de cantar, mesmo depois de a menina ter apagado. Segurou sua cabeça nos braços e acarinhou seu rosto atordoado, contemplando suas feições: Kido, disse baixinho, acreditando que aquele fosse o seu nome de verdade. O rosto pequeno e redondo, a arcada superior protuberante fazia sua boca parecer um biquinho, um pássaro escoriado e indefeso em suas mãos.

Dalva decidiu que aquela fragilidade já não tinha lugar. Então, deitou a cabeça de Stefany sobre suas coxas e tomou suas mãozinhas arrebentadas, limpando, dedo por dedo, a carne viva. Escolheu e contou dez anzóis enormes e bifurcados, que o patrão usava para a caça da pirarara. Retirou-os da caixa e foi passando um a um na chama da vela e enganchando na carne lacerada de Kido, atravessando seus dedinhos e plantando o metal no lugar das unhas arrancadas. Dalva cantava e chorava enquanto o corpo da menina se repuxava quando ela fisgava a carne profundamente. Ela enterrava as garras protéticas e enfaixava os dedinhos com a gaze bêbada de um preparado de piracá, que era para as feridas cicatrizarem rápido. Depois, fechou cada dedo com uma atadura bem apertada. Dalva terminou a operação cuidando para não deixar de fora nenhuma ponta. Cuidou também das queimaduras, limpou tudo como deu e colocou Kido na cama. Dalva não tinha de onde arrancar forças para ir embora, mas apagou a vela e fechou o quarto. Achou que ninguém a veria, mas Andrea a espiava da sala e fez questão de se fazer notar, assentindo com a cabeça como quem dissesse "bom trabalho". Dalva abaixou os olhos, sentindo-se miserável, e foi embora para sua casa.

Naquela semana, Kido teve febre altíssima todos os dias. Dalva disse que precisava de tempo para cuidar da menina, que podia fazer a febre baixar, mas que tinha de cuidar todos os dias. Andrea consentiu com o tratamento e concordou em não chegar perto do quarto pelos próximos dias. Kido estava fraca e não queria comer. Dalva preparava banhos e escaldados e a alimentava com toda paciência. A empregada a limpava com suas folhas e a fazia tomar o preparado de fubá e rabo de peixe que trazia de casa, porque Andrea não admitia que fizesse comida para a menina com suas carnes de primeira. Além do fubá e do peixe, que fez sucesso, Dalva surrupiava generosas colheradas do suplemento que Neto tomava antes de ir para a academia e misturava na papa da menina. Duas vezes por dia, levava o escaldado e retirava as bandagens dos dedos para ver como estavam, passando o preparado à base de piracá. Os dedos cicatrizavam e a febre começava a ceder, mas Dalva sabia que ainda demoraria um pouco para que a criança estivesse reestabelecida. E era preciso estar mais que estabelecida, era preciso estar forte. Dalva tinha de dar um jeito de manter Andrea afastada do quarto.

Andrea supervisionava de longe o trabalho da empregada e já achava que aquele tratamento se estendia demais. Dalva argumentou que era preciso terminar de sarar, que a menina estava muito debilitada e não resistiria a outros ferimentos. Andrea assentiu de malgrado, concedeu mais uns dias ao tratamento, mas disse que colocaria a mordaça à noite, pois ela resmungava a noite toda e não deixava ninguém dormir, ia acabar levantando suspeitas no condomínio. Foi então que Dalva, temendo a insurgência da patroa, se ofereceu para passar umas noites no quartinho até que a menina melhorasse. Andrea deu de ombros e disse que tanto fazia, desde que pudesse dormir em paz. E que aquela história de tratamento terminasse logo, sua paciência estava no fim.

Dalva não suportava mais viver aquele inferno. É claro que sua jornada de trabalho foi estendida para o período noturno. Agora, também fazia o jantar e arrumava tudo na cozinha antes de poder se deitar. Acabou ficando tão cômodo para a casa tê-la ali dia e noite que Andrea já não a pressionava tanto para o fim do tratamento. A mesa sempre posta, a comida quente e o corpo na pia, aguentando tudo. Suportando, inclusive, as investidas do patrão e do filho mais velho sobre sua carne.

Lia acha que todos sabiam o que se passava no quartinho dos fundos da casa e eram coniventes com aquela perversão da mulher. Talvez o filho mais novo fosse poupado, mas Dalva não garantia e abominava todos eles. Mesmo exausta, Dalva aproveitou o prazo dilatado para fortalecer a menina dando-lhe boas doses diárias de suplemento e a ensinando a usar as garras de anzol com que a equipara. Descobriu que a danada era muito mais forte e hábil do que podia supor. Ela trepava nas coisas, se empoleirava e caía no chão com absurda facilidade, sem se estabacar. À noite, no escuro e em silêncio, elas brincavam e treinavam os rasantes de Kido.

Dalva nunca disse que a menina estava curada, foi Andrea quem decidiu dar um basta no tratamento. Um dia, chegou em casa atacada com uma cliente desaforada que a perturbara na loja e correu, seca e verde, em direção ao quartinho. Quando bateu a mão na maçaneta, Kido sabia que não era Dalva quem chegava, porque ela jamais se aproximava do quarto sem assobiar ou murmurar a melodia. Súbito, a menina se empertigou e trepou nas prateleiras da estante deixando o corpo à espreita. Dalva espiava da janela da cozinha e percebeu quando a menina escalou as tábuas e se posicionou. Com o pano de prato na mão e a panela na outra, prendia o ar e travava os dentes esperando para ver o bote. Quando Andrea abriu a porta e avançou para o meio do quarto, Kido voou sobre sua cabeça e encaixou os joelhos em seus ombros. De um único golpe, puxou para trás a cabeça de Andrea com uma das mãos e, com a outra, enganchou as unhas de anzol no pescoço da mulher, rasgando sua garganta. Andrea tombou meio de lado com a mão empapada do caldo viscoso e rubro, ainda sem entender o que ocorrera.

Dalva, que assistia a tudo, correu até o quarto em tempo de ver a patroa morrer afogada no próprio sangue. Chamou a menina e disse para se esconder dentro da casa. Dalva encostou a porta do quartinho e, quando os outros chegaram, serviu-lhes o jantar impassível. Enquanto comiam, alguém perguntou, sem muito interesse, pela mãe e esposa, ao que Dalva respondeu não saber.

Naquela noite, Pedro, o menino mais novo, tinha ido dormir na casa de um amigo. Escapou por mera contingência. O filho mais velho e J. Mariano tiveram um fim parecido com o de Andrea. Ambos no banho, surpreendidos por um voo e umas garras que os deixaram com as gargantas escancaradas.

Dalva cantou chamando Kido e ofereceu um prato de comida, que ela recusou. Pegou duas goiabas da fruteira, abriu e fechou os anzóis cinco vezes antes de olhar para a empregada. Olhou-a e apontou para si, pronunciando uma última vez antes de partir:

Kido. Dalva redarguiu apontando para o próprio corpo e dizendo: mana. Ela jamais esqueceria aquele olhar, jamais sentira aquela conexão com ninguém. Nem com sua mãe, nem com sua irmã. Aquele olhar era radiância que palavra nenhuma expressaria. Aquele olhar era um encontro com o Sol, uma inundação de vida capaz de fazê-la suportar qualquer pena.

Despediram-se sem sorrisos, nem abraços. Kido desaparecendo da vista pela cerca viva do condomínio e Dalva permanecendo ali com os corpos. Ligou para Lia, contou como tudo havia se passado e pediu que chamasse a polícia. Arrumou sua mochila, jantou e lavou a louça enquanto esperava as viaturas. Fora a imundice dos cadáveres, tudo estava em ordem na casa. Dalva ensaiava murmurar a cantiga, mas achou por bem não romper o silêncio tão justo.

Foi assim que terminamos o dia na delegacia há poucas horas. Dalva confessou tudo, disse que não sabia o paradeiro da menina, mas esperava que nunca a encontrassem. Lia me esperou e pediu que a levasse para testemunhar a favor da amiga. Fomos. Agora estou aqui tentando ficar com esse terremoto que se passou ao meu lado sem que eu percebesse. Será que é por isso que tremo tanto agora? Aliás, passou. Posso largar a caneta, mas é melhor manter o dorso encostado.

Enquanto escrevia o que ouvi da boca de Lia ainda há pouco, tive a impressão de ter visto vultos passando de um lado para outro na minha janela. A garrafa está quase no fim, só o pavor de fechar os olhos é que não diminui. Meu medo recebeu adubo esta noite e, pelo jeito, não vou dormir.

***

Ontem, antes de me deitar, arranjei coragem e fui até a cozinha buscar uma água. Decidi fazer uma omelete para ver se rebatia o vinho. Não consegui comer. Acho que só o atrevimento causado pelo álcool me fez abrir a porta e colocar o prato lá fora, sobre a mesinha da varanda, com um copo de suco e uma coração-de--boi. Agora cedo, enquanto fazia o café, fui me lembrando dessa atitude meio insana, meio tola... Abri a porta para recolher o prato e estava lá a omelete, intocada. Da manga, porém, não havia nem caroço. Como se alguém contasse com meu gesto. Como se o gesto contasse.

Carne de cavalo

Pedi para comprarem três frangos. Dois para nós três e as visitas, um para Binho. Sim, só para ele. Era seu aniversário e ele me perguntou se eu fazia um frango inteiro só para ele. Faz mãe, um frango inteirinho pra mim? Como é que a gente não atende um pedido de filho tão ao alcance da mão? Era sábado, aniversário de Binho, e já ia fazer um almoço caprichado, chamar minha irmã.

Nessas ocasiões, gostaria mesmo era de estar na roça e poder fazer o trabalho todo como se deve: escolher as galinhas sabendo a procedência delas, matar sem crueldade, como minha mãe ensinou, e aparar o sangue na vasilha com vinagre para não talhar o molho. Tião gosta assim, ao molho pardo, os meninos preferem sem sangue, só o molhinho caipira mesmo, com arroz branco feito na hora e uma verdurinha refogada. Não tendo jeito, a gente compra a carne na feira, sabendo que nunca é igual à que a gente faz quando cria e prepara do início ao fim.

Até que gosto da galinha dos meninos da feira. Conheço a procedência da criação deles, abatem no dia, nunca mandaram galo velho para a gente. Disse para o Fabiano buscar as aves e levar o irmão com ele, porque Binho estava muito ansioso. Dessa vez, queria que passassem na banca de verduras também e trouxessem umas folhas, uma guariroba e o milho para o suflê. É verdade que eles não acham bom esse negócio de ficar fazendo compras todo sábado, mas vão assim mesmo. Por mais preguiça que tenham, Biano gosta de ter um pretexto para sair por aí exibindo seu carro envenenado. Nunca vi ser incutido com carro desse jeito.

Nos fins de semana, quando faço almoço, lembro de uma coisa que um gosta, outra que alguém pede e, de gosto em gosto, a mesa vai enchendo. Vinham almoçar com a gente minha irmã e meu cunhado, que são padrinhos de Binho. Hilda gosta de fazer as vontades do menino e ficou de trazer uma sobremesa para cantarmos parabéns. Estava animada com a comemoração e me sentei para escrever a lista das compras que os meninos precisavam trazer. Foi então que comecei a ver uma movimentação estranha da janela da sala que dá para o fundo da casa ao lado.

O lugar é de um pessoal que mexe com sucata. Vivem desmontando carro velho, fogão, máquina de lavar, sempre uma barulheira durante o dia que só vivendo aqui para saber. A gente mora no terceiro andar de um prédio na Rua 20. Daqui, dá para ver um pouco a movimentação lá de baixo. Eles têm um quintal enorme, com umas mangueiras que cobrem boa parte do terreiro e uma paineira linda que fica toda rosa em setembro. Nem me queixo tanto do barulho das ferragens porque tem a passarinhada que canta bonito na alvorada e no fim da tarde. As copas dificultam a visão, a gente não sabe direito o que se passa por lá. Ultimamente, tenho achado tudo estranho, a casa mais alvoroçada.

Comentei isso com a Janice do segundo andar. Ela tem outra visão da cozinha dela, mas teve a mesma impressão que eu. Disse que viu trabalharem muito com a solda na semana passada. Devem estar fabricando uma máquina do futuro, ela disse, e rimos especulando a presepada, enquanto eu passava um café para comermos com os pães de queijo com linguiça que ela tinha acabado de assar.

Na quinta-feira, Janice bateu aqui de novo para me contar que tinha visto uma placa na porta dos vizinhos anunciando: servimos jantinha. Diva do céu, será que eles estavam fazendo a churrasqueira? Será, menina? Será que vão abrir um bar aqui na porta?! Nossa, aí que vai ser uma balbúrdia isso aqui, barulho de dia e de noite. Dito e feito. Naquela noite, ninguém dormiu antes da uma da manhã. Conversa alta de bêbado, sertanejo ligado no maior volume e a fumaça de carne subindo para nossa casa. Foi assim na sexta também. Já tinha pedido para o Tião fazer alguma coisa, ligar na polícia, sei lá quem pode acabar com isso. Como é que ia ser essa bagunça todo dia?

Além de tudo, tinha mais alguma coisa acontecendo ali. Não sei explicar, só sentir, e estava tendo uns arrepios. Deve ser essas coisas de energia, campo energético sujo, como diz a namorada hippie de Biano. Volta e meia eu passava pela janela tentando captar algo mais. Só depois me dei conta de que os pássaros se calaram e uns urubus nojentos passaram a sobrevoar o terreno. Também, com a quantidade de lixo que havia se amontoado na porta do prédio... Nossa Senhora, quanta porqueira! Olhava para fora, admirada com a lambança, quando vi um bichão troncho se aproximar. Veio voando assim meio desgovernado para o rumo da janela e abriu aquela asona feia, tentando frear o corpo quando percebeu que ia bater na tela de proteção. Fez uma sombra assustadora dentro de casa. Por instantes, foi como se acabasse a luz do dia. Achei aquilo tão agourento. Deus me livre. Nunca tinha acontecido antes. Não fosse a tela de proteção, aquele trambolho teria entrado e vomitado na sala inteira.

Fui lembrando e anotando as coisas do almoço para os meninos trazerem. Comentei com eles essa cena bizarra e meu mal-estar com a lixaiada dos vizinhos lá embaixo. Fabiano me chamou de implicante, que o pessoal do lado era gente boa e seria bom ter um comércio na rua. Para nossa segurança, mãe. Mas a senhora tem razão, esse entra e sai de carroça aumentou aí na porta nas últimas semanas e o chorume na calçada está bem nojento.

Entreguei a lista, pedi que não demorassem e fui estender umas roupas antes de adiantar a comida. Biano juntou as mãos no meu rosto e me deu um beijo antes de sair, sabia que tinha se excedido com a brincadeira.

Nossa área de serviço tinha outro ângulo de visão. O varal compartilhado se conectava ao prédio do outro lado, e de lá não se via nada da casa, apenas os vizinhos do outro prédio, rente ao nosso. Enquanto puxava os fios pelas roldanas e estendia as roupas lavadas, vi que os vizinhos do prédio oposto iam chegando também às janelas, chamando os outros moradores da casa para ver alguma coisa lá embaixo. Umas caras assustadas, outras tapando a boca com nojo, uns fazendo gestos com as mãos, juntando os dedos como quem fala de quantidade, outros balançando a cabeça e se afastando da janela, gente apontando para baixo, todos olhando na direção do terreno de sucatas.

Fiz gestos indagando o que se passava, mas não consegui entender com o que se indignavam. Guardei a curiosidade nos bolsos do avental, junto com os prendedores que sobraram, e passei a cortar as cebolas. Fui fazendo tudo devagar para dar tempo de os meninos chegarem com as coisas. Comecei a estranhar um pouco a demora, certeza de que passaram no Armando para comer pastel. Segui organizando a mesa, separando os pratos melhores. Afinal, era aniversário do meu caçula e minha irmã vinha almoçar. Arrumei tudo, já não havia o que fazer para adiantar os preparos. Nada dos meninos com meus frangos. Antes eu tivesse ido a pé, já estaria tudo mais adiantado.

Quase caí dura quando ouvi os pneus cantarem de tão perto. O motor acelerado e o estrondo de uma batida. Foi um barulho tremendo na rua de casa. Corri para a janela e vi meu menino no meio da rua, atônito, abraçado com os frangos. Gritei para que saísse do meio da rua, seus olhos arregalados me viram, mas estava paralisado. Desci as escadas aos pulos, saltando degraus, pessoas gritando comigo, um escarcéu dos diabos. Não atentava para nada, só queria chegar lá embaixo e tirar meu filho do meio da rua.

O carro com as rodas para cima, parecendo um besouro virado. Abracei Binho, que tremia feito uma vara verde. Foi só aí que vi o tamanho do estrago. Os moradores dos dois prédios estavam em peso na calçada. Fabiano foi saindo pela janela estilhaçada do carro, ensanguentado, mas inteiro. Vi de relance que alguém me puxou, acho que foi a Janice, minha vizinha, quem me apontou o muro. O que aconteceu, meu Deus? Ainda não tinha entendido que havia outro carro envolvido no acidente. Quando olhei para o portão dos vizinhos da casa, vi que alguma coisa tinha arrebentado com tudo. Só aí fui entender que uma caminhonete tinha invadido a área. O motorista deu no pé. Engatou ré e fugiu. Não sei quanto tempo fiquei ali no meio desse furdunço. Eu agarrada com Binho, Binho abraçado com os frangos, correria, gritaria e ranger de dentes. Acho que passou pouco tempo até a polícia chegar e, logo depois, a ambulância. Um barulho dos diabos. Nunca ouvi tanta sirene junto.

Lá de fora, mesmo com todo o alvoroço do acidente, dava para ver a árvore para onde todos apontavam. Alguns ficaram em volta do carro do Biano, fazendo conjecturas do que tinha acontecido, outros invadiram a propriedade para ver de perto a cena macabra que, até então, ninguém havia suposto. Binho e eu, ainda atracados um no outro na calçada, viramos no impulso de um grito horrorizado. Se eu soubesse, se tivesse a menor ideia do que veríamos, teria protegido meu filho daquela cena horrível. Não deu. Viramos juntos e demos de cara com o cavalo pendurado, sangrando sem piedade e sem asseio.

O cavalo suspenso no galho da árvore tinha as patas cortadas, estava vivo ainda. Vivo o pobre diabo. O sangue gotejando sobre uma tina. Aquele corpo enorme em sofrimento, a vida se esvaindo aos poucos. Foi a cena mais cruel e nojenta que meus olhos já viram. Não sei nem como, Binho se desvencilhou de mim e correu feito um corisco, indo para dentro da casa, onde se enfiou no meio da multidão, trançando entre as pernas das pessoas. Eu me mandei atrás dele e fui encontrá-lo bem ao pé do cavalo, ajoelhado, abraçado com os frangos, aos prantos.

Olhei em volta e vi de longe, em uma espécie de alpendre da casa, o fogão industrial e os panelões. Na árvore mais atrás, outros dois cavalos esfaimados e amarrados ao tronco pelado esperavam sua vez. O sucateiro gritando para o povo sair de dentro de sua propriedade. O povo berrando para a polícia levar os assassinos. Uns querendo linchá-lo, com pedra e porrete na mão, outros perguntando se o negócio da jantinha que mal começara tinha mesmo miado.

Abracei Binho, tapando seus ouvidos e pedindo para irmos para casa. Ele não queria arredar dali, mas fui falando com ele e o arrastei comigo. Falei para Tião esperar por ali com Fabiano, para ver no que ia dar aquela confusão, e chamei a Hilda para subir. Quebrou alguma coisa, meu filho? Você está bem? Seu pai vai ficar aí com você, nós vamos subir com seu irmão e tentar arrumar o almoço. Hilda vinha chegando sem entender nada, equilibrando a travessa de pudim que entornava a calda em seu vestido. Cuidado aí. Fomos levando a sobremesa, os frangos, o Binho debaixo da minha asa, e fui contando para Hilda a parte que eu sabia daquela presepada toda.

A polícia levou os envolvidos que estavam ali. Tinham ido pela ocorrência da colisão, mas acabaram flagrando outro crime. Hediondo. Nisso, até Biano, que os bombeiros disseram estar passando bem, teve de ir para delegacia. Tião ouviu o depoimento do filho. Biano falou que ouviu dos feirantes sobre a armação dos sucateiros. Deram um pastel de brinde e perguntaram o que ele tinha achado do novo sabor. Biano comeu e contaram para ele que era de carne de cavalo e quem tinha fornecido era o seu vizinho das sucatas.

Os caras tinham ido à feira querendo negociar a carne do cavalo roubado, fornecê-la para os pastéis e espetinhos montados das barracas de comida. O esquema era tomar cavalos dos carroceiros, destrinchá-los, empacotar os espetos e comercializar. Ainda estavam discutindo com suas mulheres se abririam ou não o negócio de jantinha na porta de casa. Os homens achavam que seria muita bandeira vender a carne na porta de casa, preferiam vender aos comerciantes da feira. Acontece que a mulher de um sucateiro estava doida por mais uns trocados e teimava em fazer o negócio virar ali mesmo. Foi ela quem decidiu colocar a placa da jantinha na quinta-feira e fez aquela bagunça toda, aquela bagunça na rua que acabou chamando a atenção de ratos, baratas e abutres da vizinhança.

Biano saiu da feira com ódio, cantando pneu no seu carro tunado. Esquentado como era, já ia tirar satisfação com o vizinho. Biano pensa com a ignição. Parou na esquina, acelerando forte, todo trabalhado na força do ódio. O imbecil da caminhonete, que estava parada ao lado, entendeu as pisadas fundas de Biano como um convite para um racha. O cara afundou o pé no acelerador, gargalhando e respondendo ao suposto desafio. Estavam na esquina de casa. Biano percebeu que causara um mal-entendido e não tinha como recuar. Um grandíssimo mal-entendido, foi o que ele disse à polícia. Acelerou de volta, fazendo que topava, e freou, mas os carros colidiram na curva. O de Biano rodopiou na pista, sua roda pegou no meio-fio e o carro capotou em frente ao nosso prédio. Já a caminhonete não conseguiu frear. Bateu no portão dos vizinhos, arrebentando tudo e indo parar dentro da propriedade. Só parou ao se chocar com uma árvore. Ninguém sabe se o motorista se machucou, porque saiu cantando pneu e deixando a outra cena horrenda escancarada para a vizinhança.

Enquanto ainda subíamos, ouvimos o estampido do tiro de misericórdia acabando de vez com o cavalo. Binho encolheu os ombros e me agarrou apavorado. Pensa que não, Hilda e eu ainda fomos cozinhar. Bem que ela lembrou de dar um copo de água com açúcar para o meu menino, que o virou numa talagada e desabou molinho no sofá. Depois, levantou-se e ficou com a gente na cozinha, sem querer conversa. Calado e aflito, o bichinho deixava correr as lágrimas sem alarde. Hilda e eu fingíamos que não víamos, ao menos ele estava ali com a gente. Vez ou outra colocávamos uma provinha de comida sobre a mesa, a ver se ele lambiscava alguma coisa. Nada, estava catatônico. O almoço de comemoração virou uma janta mórbida. Binho não quis comer nada.

Pediu para guardar o frango na geladeira, quando insisti dizendo que tinha feito para ele. Não conseguia. Esperou o Biano chegar antes de ir para a cama. Isso já era tarde. Conferiu como estava o irmão, pediu um copo de leite morno com achocolatado e foi se deitar.

Entre meadas

O vidro embaçado não impedia de ver o manacá-de-cheiro do lado de fora. Não tinha flores, nem brancas, nem lilases. Mesmo assim o ar era doce. Doce de doer. Fazia quase uma hora que Vítor estava em pé com a cara nesse quadrante da janela do quarto da avó, espiando o nada. Lá fora fazia um silêncio insondável, nem os cachorros da vizinhança latiam. Nem um galho de árvore balançava. Aqui dentro, a chaleira apitou. Ainda bem que ele havia insistido com Alzira para comprar essa mais cara. A avó tinha essa mania de economizar, tudo tinha de ser absolutamente funcional. Nada se comprava pela cor, ou modelo. Deixa de luxo, menino. Nós não podemos esbanjar.

Vítor, plantado, só sai do lugar para abrir o armário. Um pensamento o assalta e o faz lembrar do vestido na caixa. Lá estava ele, o artefato, no lugar prestigioso de sempre. Só saía de lá de dentro nas raríssimas ocasiões que Alzira tomava duas taças de vinho e se lembrava dele. Debulhava-se a noite toda em cima dos brocados e, no dia seguinte, tocava quará-lo no sol com sabão de coco e bicarbonato. Vez ou outra, convidava Vítor para ver a peça, explicava o corte evasê, o decote canoa e o acabamento das mangas bem pregadas. Virava a peça do avesso, com cuidado para nada se desfazer — trinta anos, filho, não é brinquedo —, e exibia as costuras. O sentido do corte na trama, o caimento de uma peça perfeita.

Tudo o que Vítor sabia de costura tinha aprendido com a avó.

Brigava não. Tinha essa consciência lancinante de que a vida ia mesmo falir. E falia. Falia ali na sua frente, debaixo do nariz: fria, impassível, sem louros, nem coroas. A vida puída. A pele de Alzira há muito se despregara do músculo, ultimamente parecia uma seda amassada, coberta de manchas. Não era de hoje que o couro da avó pesava. Não era de hoje que ele percebia. Porém, não se preocupava. Agora, Alzira, seu único esteio, jazia tesa, esticada pelo inchaço da morte.

Não foi fácil providenciar tudo sozinho. Na exaustão em que estava imerso, ia ser difícil atravessar a noite fazendo-lhe companhia. Ao menos a companhia digna que ela merecia por ter dedicado seus dias a ele. Vítor separou as economias, que não deram para cobrir as despesas do funeral. Teve de contar com a generosidade de uns amigos e principalmente de clientes mais antigos de Alzira, que sabiam de seu péssimo estado de saúde e, de uma forma ou outra, já vinham acudindo. Marisa trazia verduras. Alceu, o farmacêutico, doava medicamentos. Sandro mandava, toda semana, uma cesta com ovos, queijo e frutas recém-colhidas do sítio.

Ao menos umas margaridas Vítor podia ter improvisado, providenciado um ramalhete, colhido num terreno baldio ou pegado emprestado nas outras sepulturas. Seria gentil. Parecia que podia ouvir a avó. Mas a gentileza era uma atitude que estava além de suas possibilidades. Era um bom moço, mas conservava aquela indolência típica de meninos órfãos que receberam mimos como compensação à enormidade da perda — filho de vó, como o pessoal da paróquia costumava dizer.

Alzira viu-se com o neto nos braços quando já nem supunha que pudesse ser a única responsável por uma criança. Ainda mais em tempos tão diferentes daquele em que criou a filha, ainda mais sozinha. Pois se viraram. Avó e neto. Na ausência de hesitação, que agrega, pela força do nome e do sangue, uma família. A filha Ana e o marido morreram quando Vítor contava apenas três anos. Acostumada a se valer com o que a vida provia, Alzira era a melhor e mais dedicada costureira da cidade. A única filha de João, o alfaiate. Mesmo tendo desposado um forasteiro, ela permaneceu com a família. Alta costura era tradição e herança que ela recebeu e passou adiante: primeiro à filha, depois ao neto.

Difícil imaginar, diante da avó inerte, que ela fora jovem e bela. A Alzira de cabelos compridos e escuros, de pele lisa, beldade encerrada no interior do mundo. Moça na janela do sertão, ficando empoeirada. Gastou-se na espera. Fingia não observar que a esperança a decompunha. Que a esperança é assim, bicho carniceiro que vai comendo as vísceras de quem abandona o corpo em seu nome.

Vítor era um pouco ela. Ao menos era assim que se via quando olhava os porta-retratos sobre a cômoda. O rosto fino e cavado não era sinal de fome. Assim como as olheiras fundas não denotavam a falta crônica de sono. Dormia-se bem na casa dos Castro, principalmente porque toda noite, após o jantar que preparavam juntos, Alzira fazia sua infusão de valeriana e camomila e lia dois ou três poemas antes de cair no sono. Avó e neto desfiavam as tardes na tesoura. Arrematavam o dia assim, como se o tempo corresse paralelo e alheio, sem lhes espetar urgências, infligir apavoros.

Alzira não era de se repetir, conservava a memória de uma jovem. Se repetia, era de caso pensado e para agradar o neto. Repetia só a parte que fazia Vítor endireitar-se na cadeira e abrir os olhos miúdos para captar melhor o enredo das lembranças que ela podia oferecer de dentro da casa: ela e as irmãs debruçadas sobre a jardineira de gerânios vermelhos, de onde espreitavam o calçamento de pedra e desfiavam o rosário. Elas se revezavam na ladainha para que o chão se pusesse em movimento e lhes deixasse na boca o gosto da terra seca e solta, que sujava o ar prometendo novidades. Porém, nada surgia.

Vítor achava difícil acreditar que, após tantos anos e gerações, as moças da cidade ainda cultivassem o mesmo hábito de se debruçar sobre a janela e esperar sabe-se lá o quê, porque a verdade é que nada nunca vem. Espera-se, todavia, e para sempre. Ele não. Queria ver o que havia além da janela e das pedras. Saber como era andar por ruas movimentadas, calçadas cheias de prédios, gente diferente usando jeans, motos e carros enfileirados. Via tudo na TV, acompanhava as novelas com a avó. O dia todo a televisão chuviscando diante deles, na sala onde trabalhavam. Sabia o que se estava usando no Rio, mas nunca havia pisado numa grande cidade.

Às vezes alguém vinha de fora e trazia revistas, *Claudia*, *Criativa*. Vítor festejava a chegada das revistas, mesmo sabendo que estavam sempre desatualizadas. Nunca chegava a edição do mês. Ainda assim, amava folheá-las. Ia e voltava nas páginas, namorando os modelos novos no corpo de Vera Fischer ou Luiza Brunet. Na *Criativa*, sempre vinham alguns moldes de papel, que Vítor arrancava e abria na mesa para experimentar o corte com retalhos que Alzira descartava. Sonhava alto. Inventava modelos a partir das sugestões, usando estampas desencontradas. Sempre pedia para a avó experimentar. Ela achava tudo horrível. Ia vestindo os trapos contrariada, falando que ele devia parar de brinquedo e aprender a alta costura para valer. Já era tempo de ajudá-la a sério com as encomendas.

Estava entorpecido. A morte de gente muito próxima faz isso de deixar a pessoa em uma espécie de transe, num embotamento momentâneo que ajuda a aparar o insuportável. Tem gente que não chora, não esperneia, não faz drama. Parece indiferença, mas é torpor. Vítor, leva o casaco, filho. Terminou a tarefa? Desliga essa televisão e vai dormir. Quer uma xícara de chá? Meu filho, ajuda aqui, segura essa ponta pra eu cortar. O que ele queria, e já alimentava há algum tempo, era ter seu próprio ateliê numa avenida larga de uma cidade bem urbana e central, de preferência no Sudeste. De preferência em São Paulo, que era onde estava o sotaque mais chique do Brasil.

Àquela hora, todos já tinham saído. A sala estava cheia, mais cedo. Ouvira pacientemente os conselhos das velhas clientes de Alzira. Suas clientes agora. Suportou condescendente o beija-mão. Foi, até o último instante, o neto dedicado que a avó criara. Agora, estavam a sós, como costumavam ficar em casa. Vítor podia lhe dizer o que quisesse, render seus agradecimentos, prestar-lhe dignamente uma homenagem íntima e última. Estava cansado demais. Persignou-se e virou-se para o outro lado.

Lutava contra a impertinência da palavra "desperdício", que ocupava o espaço sobrante naquela sala. A morte era um golpe deveras real para ser ignorada. A dificuldade que se impunha era a de encontrar sentido na vida encerrada de Alzira. Na sua, havia um corredor inteiro a percorrer. Difícil era expulsar do velório a obrigação que o atormentava de elaborar, ainda que para si mesmo, um discurso sobre a relevância daquela vida. A morte exigindo uma contrapartida.

Sim, cuidara dele. Ela o educou e ensinou o ofício de costureiro. De que valera esperar toda uma vida, casar-se por amor e ser abandonada na esquina de uma cidade de pedras vazia, ocupar-se da solidão, ver a filha engravidar e enterrá-la tão cedo? Envelhecera para cuidar do neto? Por que fazia cortes tão perfeitos, vestidos lindos que nunca usava? Por que trazia a casa sempre arrumada e limpa? Para quem se perfumava de rosas? Por que insistia nesse anacronismo de ensinar o neto a distinguir o certo do errado num mundo de regras descumpridas? De onde lhe vinha a mania de achar a vida boa e alegre apesar?

Ele não queria a clientela da avó. Não receberia diariamente aquelas senhoras com cheiro de lavanda e conjuntos floridos. Não ia sorrir agradecido com a fidelidade que demonstrassem, nem lhes serviria cafezinho coado na hora. Estava cansado, mas não ia ficar ali, observando o desfile dos dias pela janela, a pasmaceira das ruas de pedra, o marasmo dos transeuntes, cujo mínimo esboço de iniciativa era minado pelo sol abrasivo. Arrancou a flor que a tinham feito segurar e descruzou suas mãos rijas. Levantou-lhe a cabeça e puxou detrás dela os cabelos longos e branquíssimos. Entremeou os dedos entre os fios e escorregou até as pontas. Suspeitou de que ela, no íntimo, gostaria de receber um cafuné. Conhecia a avó. Toda história que lhe contava antes de dormir tinha uma mulher livre e corajosa que soltava os cabelos e recebia afagos. Logo ela que trazia a cabeleira sempre enrolada num coque baixo. Quando teria sido a última vez que alguém lhe soltara as madeixas e acariciara?

Não sabe quanto tempo se passou desde que começou a penteá-la com os dedos até o momento em que se lembrou da tesoura que trazia na mochila. Eles continuariam crescendo, o novelo de fios cresceria ainda por algum tempo embaixo da terra, enquanto todo o resto se desintegrasse. Achou uma pena. Era tão bonito, tão cuidado o cabelo da avó. Nunca o tinha visto solto, nunca o trazia assim sem amarras. Dava uma bela trança aquilo ali. Sem hesitar demais, reuniu os fios numa das mãos e, com a outra, cortou-os rente à raiz. Talvez tecesse alguma coisa a partir deles.

Foi buscar a mochila no quarto e chegou com o molho de fios na frente do espelho. Experimentou-os em si mesmo fazendo gracejos para a imagem refletida, deixando escapar ali uma liberdade que nunca teve naquela casa. Por um instante, pensou que a avó pudesse observá-lo no portal e se recompôs. Tinha ideias de experimentar muitas coisas, ousar nos cortes e nas combinações que a avó não permitia. Talvez procurasse por uma prima segunda chamada Diana, que não conhecia pessoalmente, mas sempre ouvia falar de suas peripécias. Há décadas tinha saído desses cafundós para morar no Rio. Vítor também ia se oferecer ao mundo, que o mundo não vinha buscar ninguém. Meteu a crina branca na mochila e saiu para comer fuligem.

O corpo despedaçado

Fabio Weintraub

Primeiro livro de prosa de Fernanda Marra, poeta, psicanalista e doutora em Teoria Literária pela UnB, *As tias* reúne catorze contos[1] com notável diversidade formal e convergência em torno de alguns temas e motivos. Entre eles, estão a violência contra mulheres, crianças e idosos; a vida interiorana, rural, periférica (em contraste com o imaginário dos grandes centros); tortura e assassinato; sobrenaturalidade (associada, por exemplo, a saberes ancestrais de origem afro-indígena). Verifica-se entre os contos certo encadeamento de tipo romanesco (ecos, diálogos, retomadas), o que confere coesão à obra e prende a atenção do leitor por meio da iteração de motivos, personagens, situações.

No que concerne ao manejo da linguagem, chamam a atenção a habilidade no uso do estilo indireto livre, a variação nos registros de fala para caracterizar personagens, a inflexão lírica de determinados trechos, nos quais se destacam a linguagem figurada, a carga imagética e alusões intertextuais de natureza literária, como as menções a Clarice Lispector ("A quinta estória"), em "Vende-se laranjinha", e a Machado de Assis ("O caso da vara"), em "Outro caso da vara", ou mesmo extraliterária, intersemiótica[2].

---

1 Ou treze, se considerarmos o primeiro texto ("Arremesso") como uma espécie de preâmbulo metaficcional.

2 Por exemplo, a menção ao filme *O som ao redor*, do cineasta pernambucano Kleber Mendonça Filho, em "O tempo é modorrento antes de o som tremer ao redor" (p. 13).

Um dos primeiros aspectos que chamam a atenção diz respeito à relevância e à contemporaneidade dos temas abordados ao longo do volume. Avós que cuidam dos netos após a morte ou a deserção dos pais (assunto dos contos "Banho de folhas" e "Entre meadas") e sobrinhas que cuidam dos ascendentes enfermos (conforme se vê no conto que dá título ao livro) lançam luz sobre a desigualdade de gênero na divisão das tarefas do cuidado, o qual, com raras exceções, costuma ficar sob a responsabilidade exclusiva das mulheres, a despeito das conquistas do feminismo.

Nos contos veem-se também outras formas de violência contra a mulher e, por vezes, de reação exacerbada, paroxística, a ela. É o caso das narrativas de assassinato, como o envenenamento de crianças cometido pela professora aposentada Vera, em "Vende-se laranjinha", ou dos homicídios com mutilação, realizados por crianças, conforme vemos em "Vizinha" e "Kido". E mesmo os casos em que os homens é que são alvo da violência, como na "coça de vara" infligida pelos filhos delinquentes ao pai adúltero, que "comia" a empregada enquanto a esposa trabalhava ("Outro caso da vara"), parecem evidenciar que no sistema machista, patriarcal, heteronormativo todos acabam perdendo, até os que aparentemente ocupam posições de força e privilégio.

Saindo do campo estritamente temático para o imagético, e em conexão não restritiva com as cenas de violência, outro elemento que salta à vista nessas histórias é a recorrência de figurações do *corpo rompido*, dilacerado — não apenas o corpo humano, mas também o de animais, como as galinhas evisceradas em "Vestido branco" e os cavalos esquartejados em "Carne de cavalo". Tais figurações podem ser reunidas sob o que o crítico literário canadense Northrop Frye (1912-1991) identificou como o arquétipo demoníaco do *sparagmós*, ligado ao canibalismo e à tortura.

"As imagens de canibalismo geralmente incluem não apenas imagens de tortura e mutilação, mas do que é tecnicamente conhecido como *sparagmós*, ou destrinçamento do corpo sacrificial, uma imagem encontrada nos mitos de Osíris, Orfeu e Penteu. O gigante ou ogro canibal dos contos folclóricos, que entra na literatura como Polifemo, pertence a esse lugar, como também pertence uma longa série de negociações sinistras com carne e sangue, desde a história de Tiestes até o contrato de Shylock"[3].

Fernanda Marra revisita esse arquétipo em cerca de metade dos contos do livro, sobretudo em narrativas de tipo mais fantástico, com intervenção do sobrenatural, como "Banho de folhas" e "Kido", ou de tipo surreal-alegórico, como no conto "Textamento", em que uma espécie de doença faz o corpo de um empregado de restaurante secretar letras de acrílico até explodir, lançando sobre a cidade uma "chuva gráfica". Mas também em contos de viés realista o despedaçamento corporal se faz presente, como nos contos já mencionados "Carne de cavalo" e "Vizinha". Tal recorrência revela a habilidade técnica de Marra para se manter fiel a certas obsessões, abrindo-se ao mesmo tempo à diversidade de formatos (terror, mistério, policial, diário, ficção científica[4]) e à experimentação de distintos procedimentos expressivos (metalinguagem, exploração do grotesco, variação do foco, uso do discurso indireto livre) dentro da seara do conto.

---

3 FRYE, Northrop. *Anatomia da crítica*: quatro ensaios. Tradução de Marcus de Martini. São Paulo: É Realizações, 2014. p. 279.

4 Penso em ficção científica como denominador comum entre os contos "Kido" (em que aparece o corpo "natural" da menina seviciada é substituído por um corpo protético, com anzóis no lugar das antigas unhas) e "Textamento" (em que a "letrose" destrói o corpo de Gustavo).

Além da opressão feminina, que inclui formas brandas de assujeitamento às expectativas sociais, como vemos na ameaça de Maria a Dora no final de "Vestido branco", sugerindo que mulher com muita "frescura" não consegue se casar, e da representação grotesca da violência (tanto da sofrida, como da desencadeada em trágica revanche contra os algozes), nota-se também como alinhavo temático os conflitos entre patrões e empregados, entre os que acederam à cidade grande e os que sucumbiram ao acanhamento da vida provinciana, entre as religiões majoritárias, como o catolicismo, em "Boda", e as que são alvo de preconceito, como as religiões de matriz africana.

No preâmbulo metaficcional que abre a coletânea ("Arremesso"), Diana, personagem-narradora que reaparece em "Banho de folhas", revela que os contos aqui reunidos constituiriam também uma espécie de saldo de situações irredutíveis, inescapáveis, fabulação reflexiva nascida de um beco sem saída. Nas palavras dela, tais histórias seriam fruto do que "consegui fazer com aquilo de que não posso fugir". O que seria exatamente esse "incontornável"? Difícil responder com segurança, mas parece lícito supor que ele se liga talvez a elementos de natureza biográfica da própria Fernanda (a procedência de uma família do interior de Goiás), à reflexão sobre o lugar subalterno reservado às mulheres, bem como ao compromisso com uma escrita feminina, antifalogocêntrica[5].

5 A esse respeito, ver considerações da autora sobre a ideia de uma "escrita feminina", não necessariamente produzida por mulheres, de caráter anticonvencional. Trata-se, segundo Fernanda Marra, de uma escrita que subverte a norma "pelas entrelinhas, pelos eixos de articulação linguística em seus diversos níveis (fonético, semântico, sintático, morfológico, pragmático). Essa 'escrita feminina' é, antes de tudo, uma escrita que põe em questão o falogocentrismo que funda a história ocidental". MARRA, Fernanda (entrevista). Fernanda Marra é uma poeta

Por fim, cumpre ainda dizer que a poesia, campo de expressão ao qual pertence a obra anterior de Marra, também comparece em sua prosa, não apenas como via de prazer estético em vidas governadas pela obrigação (o que se vê de modo indireto nas abnegadas avós de "Banho de folhas" e "Entre meadas"), mas também em passagens nas quais se destaca a inflexão metafórica e o apuro descritivo. Exemplos (com grifos meus): "Tia Nália nunca ralhava, nem nos dizia para parar o que fazíamos no auge de nosso arranca-rabo. *Ela sabia drenar o bolsão das ganas* que formávamos pondo para fora nossa raiva" (p. 14), "Noêmia tem para si que a covardia o impede, que Augusto tem medo de olhar para Renato *e se deparar com Dora numa quina qualquer do rosto do filho*" (p. 28); "Aos poucos foi voltando ao presente. *A cara embaçada foi recobrando as feições de criança. O corpo amoleceu e ela caiu desfalecida*" (p. 115).

Diante de tanta riqueza, cabe ao leitor apurar o ouvido e a sensibilidade para assimilar a lição dessas corajosas "tias", mulheres que assumem o comando da situação quando o cuidado falha, o ambiente se torna hostil a ponto de romper o envelope da pele e dispersar o corpo, primeira promessa de "posse" do eu, tão fundamental quanto precária.

Fabio Weintraub é psicanalista, poeta e doutor em Letras pela USP. É autor, entre outros títulos, de *Treme ainda* (2015), *Falso trajeto* (2016) e *Quadro de força* (2019).

---

musical e com influência da argentina Alejandra Pizarnik. *Jornal Opção*, Goiânia, 17 nov. 2019. Disponível em: https://www.jornalopcao.com.br/opcao-cultural/fernanda-marra-e-uma-poeta-musical-e-com-influencia-da-argentina-alejandra-pizarnik-220573/. Acesso em: 2 abr. 2025.

1ª edição [2025]

Este é o livro nº 28 da Telaranha Edições. Composto em CoFo Raffine e Bely, sobre papel pólen 80 g, e impresso nas oficinas da Gráfica e Editora Copiart em setembro de 2025.